陸くんは、女神になれない

田丸久深

幻冬舎文庫

陸くんは、女神になれない

Contents

1 べっぴんとてしゃん 7

2 さくら　さくら 53

3 きらきらひかる 117

4 みけねこをみつけて 179

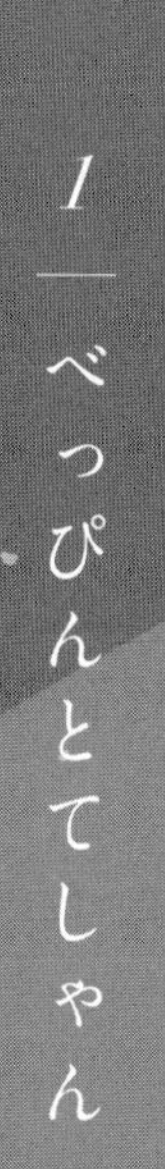

1　べっぴんとてしゃん

「――できた。一花、もういいよ」

甘く掠れた声に誘われるように、私はまぶたを開いた。

「やっぱりこのマスカラ、買って正解だったわね」

んふふ、と笑う吐息が、鼻先をふわりとかすめる。

「アイシャドウも涼しげでいい色だし、ラインも綺麗に引けたからね」

出来上がった私の顔を眺めて、満足げに微笑む表情はとても近くにあった。

「一花、かーわいい」

けむるような瞳を奥にひそめた、涼しげで切れ長な目元。紅く濡れたつややかな唇。胸元にかかる黒い髪を撫でながら、私に手鏡を差し出すしぐさはとても色っぽい。

長い脚をくずして座るその姿は、この部屋の中でも大輪の花が咲くような存在感を放っていた。

「今日もうまくできたでしょ？」

「さすがだね、陸」

メイクの出来を褒められて、陸がんふふと微笑んでみせる。小粋にすくめた肩はいかに華奢に見せるか研究された動きだ。タイトなワンピースからのぞく腕や足も、色が白く、長い。すらりとした体軀に無駄な脂肪は一切なかった。

「いいなぁ一花は、メイクも服も何選んでも似合って」

買ったばかりのコスメを並べて、陸は次々と私の顔にためしていく。ぞくりと背中をふるわすようなハスキーボイスは、すこし間のびした甘い喋り方をした。

「あとはグロス塗ったら終わりだから」

唇にさくらんぼの香りがするグロスをたっぷりと塗られ、ようやくメイクが完成する。真正面から私を見つめるその瞳。妖艶に弧を描く唇。こちらもまた、メイクでその美しさをより引き立たせていた。

物心がつくころから一緒にいた、この幼なじみ。しぐさの一つひとつが色っぽく、思わず見とれてしまうほど綺麗な陸の趣味は、私を女の子らしく着飾らせること。

そして、自ら女装すること。

「このグロス、あまり色濃くないから一花も好きでしょ？　学校でも使えるよ」

封を開けたばかりのグロスを手に握らせて、陸はまた、んふふと笑う。しなを作ってみせたとき、わずかに緩んだ胸元からのぞいた白い肌。そこは真っ平らなはずなのに思わずどきりとしてしまう。

陸は、紛れもない男だ。

彼は毎日、放課後を私の部屋で過ごす。部屋一面を服やコスメでいっぱいにして、自分や私を好きなように飾り立てるのが何より大好きだった。

雑誌やネットの動画で日夜研究しているため、流行は決して逃さない。私を練習台に磨いたメイク技術は、そこらへんの女子よりよっぽど上手い。

技術だけではなく、陸はその中性的なかんばせですら私たち女子勢より頭ひとつ抜きんでている。ストレートロングのウィッグがどこか艶（あで）やかな雰囲気を醸し出しているが、笑うと目じりが波打ちかわいらしい印象に変わる。お気に入りのテディベアを抱き上げ、鼻先を合わせる姿には少女のような可憐さがある。表情やしぐさが変わるごとにその魅力も刻々と変化し、毎日見ていても飽きることがなかった。

「女の子っていいよね。ちょっと手を加えただけですごく綺麗になるんだもの」

「陸がそれ言うと厭味（いやみ）に聞こえるよ」

「あら、ありがとう」

んふふ。笑って、陸はベッドに腰掛ける。そしてさも当たり前のように私を膝の上に乗せ、耳元に唇を寄せた。

「一花、さわってもいい？」

耳朶（じだ）をくすぐるその声がまた、とろけそうなほど甘い。

「……いいよ」

うなずくよりも早く、陸は私の服の中に手を滑り込ませた。

キャミソールの上から、その手が脇腹に触れる。おへそのまわりに円を描く指先がくすぐったく、笑いながら身をよじるとお腹の肉をつままれた。

「すこし太ったんじゃない？」

「こないだ陸とケーキビュッフェ行ったからね」

後ろから抱きすくめるように腕を伸ばし、お腹をぷにぷにとつまんで遊ぶ。私がそれに抗議をすると、陸はいたずらっ子のような笑みを見せて手を離した。

「いいなぁ女の子は、やわらかくていいにおいがして」

「このコロン、陸とおそろいじゃない」

「違う違う、女の子はもとからいいにおいがするの」

アイロンで巻いた私の髪に顔を埋め、陸はうなじにつけたコロンを探った。ライラックの香りが珍しくて買ったものだが、甘ったるさはない。性別を選ばないユニセックスな香りを彼は気に入っていた。

北海道では初夏に咲き乱れるライラック。リラ冷えの季節はとうに過ぎてしまったが、今日はやけに肌寒く、背中を預ける陸の身体があたたかい。

手は依然、服の中をさまよっているが、そこにいやらしさはない。陸は純粋に女の子特有ンだった。

の丸みを帯びた身体を堪能したいだけで、お気に入りは脇腹から腰にかけてのくびれたライ

「一花、胸大きくなった？」

「陸に毎日べたべたさわられてるからね」

「じゃあ私に感謝してちょうだい」

陸にさわられている間、私は極力目を閉じるようにしている。そうすれば、この身体を撫でまわす、性別を隠しきれない手を見ずにすむから。

この身体にさわっているのは、赤ん坊のころからきょうだいのように育った幼なじみ。陸は女の子の格好をするのが好きなだけ。女の子のまるくやわらかい身体が好きなだけ——そう、自分に言い聞かせる。

「私はこうやって、一花にさわっているときが一番幸せよ」

ささやくたびに、耳たぶにあたる唇。

下着のレースを愛おしそうに撫でる指先。

「一花、綺麗。とても綺麗よ」

いつの間にか服がはだけている。キャミソールの紐が肩から外され、あらわになった肌が冷たい空気に触れる。

まるで壊れものを扱うように、陸が私を優しくベッドに横たわらせる。軋むスプリングまでもが繊細に鳴った。

まるで女の子に襲われているみたい。

私の部屋は秘密の花園だった。

○

陸の女装趣味は、あくまで私の部屋だけでのことだ。

幼いころは堂々と女の子の服を着ていた彼だが、年頃になると人前ではやらなくなった。

陸の家族はこの趣味を知らない。マンションの隣同士の部屋で、彼が毎日のように私のもとに通うのは、年頃の男女の交際だとお互いの家族は考えている。

実際は陸が家族にあやしまれないよう、彼のコレクションを私の部屋に置いているからなのだけど。

普段の陸は札幌の高校に通うごくごく普通の男子生徒で、女言葉は決して使わない。短い髪をワックスでセットし、ブレザーは軽く着崩して、自分のことを「俺」と言う、どこにでもいる十七歳の少年だった。

「――女子ってさ、化粧するときどういうの使ってるの？」

それでもやはり、学校では女子の輪に入っていることが多い。

六限目のホームルームは学校祭についての話し合いだった。私たち二年A組の模擬店は飲食の権利を獲得したが、コンセプトの話し合いがまとまらず時間ばかりが過ぎていた。

蝦夷梅雨が明け、日ごと夏に近づいていく準備期間。学校祭は七月の連休に開催される。クラスごとの模擬店のほか、部活動に所属する生徒はそれらの出し物にも力を入れている。放任主義の担任は口を出さずに教室の隅でうとうとと舟をこいでいた。

窓の向こうにポプラの綿毛が飛んでいるのが見える。私たちの通う高校は街中にあり、校庭から大通公園のテレビ塔が小さく見えた。天気が良いと藻岩山が見える日もあるが、今日は空がかすんでその景色は望めない。

話し合いは学級委員長の佐倉千彰（さくらちあき）が仕切っているが、彼よりもリーダー格のグループのほうが強い発言力を持つ。多少意見が出たとしても、そのグループが良しとしなければ決定には至らない。ヒエラルキーの上位たちは話し合いに飽き、女子は机の上にメイク道具を広げていた。

昼休みにもメイクを直していたはずだが、放課後に向けてなみなみならぬ気合いを感じる。制服は男女とも深緑色のネクタイと決まっているが、それを無視して私物のリボンをつける女子もいた。クラスでもひときわ華やかな井口ヒカルが、陸の後ろの席で手首に香水をつける。

　ぱんぱんに膨らんだポーチから取り出されるメイク道具を、陸は興味深げに眺めている。マスカラを塗っていた井口さんは、鏡をずらして陸の顔を見た。

「そんなにじろじろ見て、面白い？」

「面白い。井口のその髪ってさ、いつもなんて言って染めてもらってるの？」

　私たちの学校は比較的校則がゆるく、夏休み明けなど節目の頭髪服装検査さえパスすれば化粧や髪型はある程度自由にさせている。市内ではわりと偏差値の高い学校のためハメを外しすぎる生徒はおらず、みな常識の範囲内でお洒落を楽しんでいた。

「目の色ってカラコン？　毎日つけるの大変じゃない？」

「あたしは髪も目もうまれつきなんだけど、誰も信じてくれないんだよね」

　彼がことあるごとに女子に声をかけるのは、自分の中の趣味を抑えきれないから。雑誌で紹介されていたブランドの新作を持っている人や、思わず見とれてしまうような美しい髪の主が気になるからだ。けれどそれをうまくごまかしているのは、彼が生来持っている人なつこい性格のおかげだった。

　女子たちは化粧中の姿を見られることを恥ずかしがることなく、メイク道具に手を伸ばす陸にあれこれ教えている。するとそれにつられてほかの男子も会話に加わる。そしてさも当たり前のように、陸の隣には私がいた。

彼は学校でも同じクラスになったことを幸いに、常に私をそばから離さない。それは万が一ぼろを出してしまったときに、私にうまくフォローさせるためだ。

「そのチーク最近出た色なんだけど、けっこう発色いいよ」

「そのマスカラ、こないだ雑誌で紹介されてたんだ」

「このアイライナー、なんかうまく引けないんだよね。けっこう高かったのに」

「へえ……そうなんだ」

こうして彼は知識を増やしていく。ほかの男子も面白いようで、次第にメイク道具を手に取りはじめた。

「遠野(とおの)くんはやっぱり、綺麗にメイクしてる子が好きなの？」

井口さんは陸への探りも忘れない。アイメイクのばっちり決まった目で見上げられ、陸は怯(ひる)むことなくにこりと笑った。

「俺はナチュラルメイクが好きかな」

「出た。結局はもとから可愛い子が好きなんだよね、そういうの」

陸はナチュラルメイクこそ一番難しいと知っているが、あくまでも知らないふりをする。

涙袋を強調させる井口さんのメイクは、陸の中で「クマみたいで不自然」とこき下ろされているもの。彼女自身への興味は薄く、新作のリップグロスに心を奪われているようだった。

ホームルームのまとまらない話し合いに飽きた男子たちが、化粧品を自分の顔に試しはじめる。真っ赤な口紅を塗った男子が笑いを誘い、そしてどこからともなく声が上がった。

「――なあ、女装喫茶なんてどう？」

その声に、陸の眉がぴくりと反応した。

「女子がオレたちに化粧してさ、その格好で接客すんの」

「それって何年か前の先輩がやったんだろ。キモくて人気なかったって噂じゃん」

「だからリベンジするんだよ。普通の喫茶店じゃつまんないだろ」

リーダー格の男子たちが盛り上がりはじめる。いままでの空気はなんだったのかと思うほど、クラス内の意見が活発に交わされるようになった。その賑わいで目が覚めたのか、担任がようやく顔を上げる。

「……先生は、女装喫茶っていうネーミングはどうかと思うけどなあ」

「倫太郎（りんたろう）ずっと寝てたくせに」

担任の筧（かけい）倫太郎は教師になって日が浅く、クラスではタメ口を使う生徒も多い。寝ぼけ眼（まなこ）をごしごしとこすり、彼はようやく黒板の前に立った。

「今日の放課後には申請書出さなきゃいけないんだから、いいかげん話をまとめること」

「このままじゃ本当に女装喫茶になっちゃうけど」

千彰がため息まじりに言う。けれどクラスの空気はひとつにまとまったようだった。

「いいじゃん女装喫茶。たしかに名前はダサいけど」

「じゃあオカマバーは？　テレビに出てるタレントみたいに派手な格好してさ」

「バーって言っても酒は出せないじゃん」

「んー……じゃあオネエ喫茶」

「決まり、オネエ喫茶！」

ホームルーム終了寸前に、二Aの模擬店のコンセプトが決まった。

慌ただしく係を決めたところでチャイムが鳴った。放課後にはさっそく実行委員が代表会議に向かい、各係のリーダーもそれぞれ説明を受けなければならない。めいめい下校の準備をはじめる騒がしさの中、私はちらりと陸の顔を盗み見た。

その横顔から感情が読み取れない。彼は私の視線に気づかぬまま、席を立って係のグループに向かった。

「……遠野くんって、付き合った子の格好にいろいろ口うるさく言うんだろうね」

メイク直しを終えた井口さんが、陸の背中を見ながらぽつりと呟く。

「あたしなら、無理」

そして、私に視線を投げた。

女子から人気のある陸は、一部で私と付き合っているのではという噂が流れている。彼女の視線に込められたのはそういう意味だった。

陸は私たちの関係を周囲に探られていることについて何か対処するでもなく、むしろそれを利用したほうが便利だと気づいている。そもそも登校時から一緒で、帰りは私の部屋に直行している仲なのだから否定しても信じてもらえない。あくまで陸の趣味を隠すためであり、私もそれをばらそうとは思わなかった。

ただ、告白してくる女子を片っ端から断っているのを見ると、彼は女の子に興味がないのだろうかと思ってしまう。

十七歳という多感な年頃に、私の身体に触れても何もしてこない。ファッション雑誌を愛読し、メイク動画を見て熱心に研究しては、自身もスカートを穿（は）いて美しく変身している。

女装すると興奮するという性癖があるわけでもなく、自分が女の子の格好をするのが当たり前だと思っている。

どうして彼がそこまで女装に興味を示すのか私にはわからない。彼が女姉妹に囲まれているのならまだ納得がいくが、陸は男兄弟だった。

あの手が、指が、私の胸をかすめたとしても、決してその先に触れることはない。スカートの中に滑り込ませ太ももを撫でたとしても、それ以上のことはない。まるで人形を愛でるかのように私の身体にさわっている。

彼は私に性的な感情を抱いていない。

私に女としての魅力がないのか、それとも陸が女性に興味がないのか。

もしも私が、彼のことをひとりの男性として見ていると知られてしまったら。

陸はきっと、私を拒むに違いない。

「――一花ぁ、ちょっと待って！」

廊下に間延びした声が響き、女装したときの陸を思い出した私は反射的に振り向いた。

私は喫茶店で提供する料理係になり、くじ引きでリーダーに決まってしまった。さっそく放課後に調理室で講習を受けなければならない。掃除の間も女子たちと話していた陸は、私の姿がないことに気づいて追いかけてきたのだろう。

おーい、と呼ぶ声は低く、走る姿にたおやかさはない。もし彼が女の子走りをしようものなら私も焦っただろうが、その姿はどう見ても男の子。喋り方が少し甘ったるいが、母性本能をくすぐるタイプの男の子の範疇（はんちゅう）にはおさまっているようだからまあ大丈夫だろう。

「なんで先に行くんだよ」

「そもそも陸は係が違うじゃない」

「どうせ一緒に作業することになるんだし、俺も話聞いておいたほうがいいじゃん」

陸は喫茶店の内装を担当する大道具係だった。提供するメニューと雰囲気を合わせなければならないため、準備の間もなにかと一緒にいることが多いだろう。

「あんなに井口さんたちと盛り上がってたんだから、同じ係になればよかったのに」

思わずきつい言い方になってしまう。それを聞いて、陸は小さく「んふふ」と笑った。

「一花ちゃん、やきもち？」

「絶対違う」

きっぱり言い放つと、彼は肩をすくめてみせる。女装しているときは色っぽい仕草だが、どうして今それをやると無邪気に見えるのだろう。

講習のある調理室は校舎でも普通の教室とは離れたところにあり、次第に生徒の数が減っていく。一年生が使う水飲み場とトイレがあるものの、放課後は利用する人も少ない。ほかのクラスのリーダーはすでに集まっているのか、廊下に人の気配はなかった。

陸が何度もあたりを見回す。誰もいない、誰もいないな。指さし確認をするとその手で私の腕を摑み、有無を言わさぬ勢いで水飲み場へと引きずり込んだ。

トイレに連れ込まれるのではと身構えたが、彼にそのつもりはないらしい。男子用と女子用のどちらが死角になるかを考え、女子トイレに続く水飲み場を選んだ。

「陸……？」

「静かに」

胸に抱えた筆記用具を奪い取り、陸はそれを目隠し窓に立てかける。そして私の顔を見て、唇を妖艶に曲げてみせた。

秘密の花園での陸が目を覚ましたらしい。その色っぽい笑みにため息が出たが、内心では彼がほかの子ではなく私を選んだことにほっとしていた。

「……今日はなにが気に入ったの？」

「井口が持ってたグロス。昨日発売したばかりの新作だった」

あれ、絶対買う。熱のこもった言葉に、彼のスイッチが入ったのがわかった。

「ねえ一花、さわってもいい？」

「駄目。誰か来たらどうするのよ」

その手が私を逃すまいと壁をついた。長身の彼が覆い被さると、私の姿はすっぽりとおさまり廊下の光から隠されてしまう。

「さっきさ、衣装係に服のサイズ測られそうになって逃げてきたんだよ」

教室でメイクを直していた女子たちは衣装係になった。オネエ喫茶では男子のメイクだけでなく衣装も自作するらしい。誰が女装をするかはまだ決まっていないが、陸は早々に目をつけられたようだ。

「陸も学祭で女装したらいいのに」

「無理。絶対無理」

彼は盛大に顔をしかめてみせるが、その指が私のワイシャツのボタンを外そうとしていた。毎朝結んでいるネクタイも、陸はほどくほうが得意なのかもしれない。

「ちょっと、駄目だってば……」

言いかけた口を、彼の手が塞ぐ。その大きな手が鼻まで塞ぎかけ、もがいているうちに陸の唇が首筋に触れた。

むき出しになった首元をたどる唇に、いつもの口紅はない。短い髪がくすぐったく、放課後に私の部屋でするような、禁断の世界に踏み込んだような空気とは違った。これでは屋上近くの踊り場で絡み合うカップルと同じだ。

いつもは耳元で「綺麗」や「かわいい」とささやかれるが、今日はそれもない。互いの吐息さえも押し殺すような、静寂が私たちを支配している。

陸の手がシャツの中に滑り込もうとしたのと、賑やかな話し声が聞こえてきたのは同時だった。

女子ふたり仲良く連れ立ってきたのだろう。彼女たちも調理室に行くのか、急がなきゃ、遅刻しちゃう、と声が聞こえる。

そのまま通り過ぎるかと思ったが、ふいに足音が止まった。

「ごめん、ちょっとトイレ」

その声に、私たちは動きを止めた。

「——あっ」

気づいた女子生徒が息を詰める。やばいよ、行こう、とささやく声。おそらく一年生だろう。走り去る足音に、きゃー、やばいね、すごいね、と興奮した声が混じっていた。

それが聞こえているはずの陸は、気配が完全になくなったところでようやく「行った？」と口を開いた。

「行ったよ。顔は見られてないと思うけど」

「じゃああらためて」

ささやく唇が髪に触れる。再び動き出した彼に、私は必死に身をよじった。

「陸、手、離して」

「離したら一花騒ぐじゃん」

「早く行かないと遅れちゃう……」

塞ぐ手の中でもごもごと喋る私を無視して、陸の唇が目尻に落ちる。

胸を押し返しても彼は離れなかった。邪魔だと言わんばかりに手を摑まれてしまい、たしかな男性の力を感じる。おそろいで買ったコロンとは違う、陸のにおい。汗のにおい。それが頭をぼうっとさせる。

降りそそぐキスの嵐。陸はためらうことなく唇を寄せる。まるで母親が赤ん坊にするような仕草こそが、彼が私に欲望を抱いていない証だった。

「陸、もう時間だから」

「……わかった。我慢する」

塞いだままの手の甲に、陸の唇が重なる。それはちょうど、私の唇のある場所だった。

陸は決して、唇にキスをしない。

○

かつて一度、陸の趣味が人に拒まれたことがあった。

それは中学一年生のとき。思春期に突入した私と陸は自然と口をきかなくなっていた。家族ぐるみの付き合いのときは普通に振る舞うが、学校ではお互い避けるように過ごしていた。

当時の陸は私よりも背が低く、男の子にしては髪も長めだった。色白で線が細く、声変わりもしていなかった彼はスカートを穿けばまだまだ女の子と間違えられただろう。

そんなある日、違う小学校出身の女子がグループになって陸に詰め寄った。

『陸くん、小学校のときにスカート穿いてたって本当？』

小学生時代の陸は、それが当たり前だとでもいうように女の子の格好をすることがあった。学校にはズボンで通っていたが、ことあるごとに私のスカートを穿きたがり、放課後にしぶしぶ交換したことが何度かある。

『……本当だよ？』

まるで尋問するかのような剣幕の女子に、陸は素直にうなずいた。なぜそんなことを聞くのかと言いたげに、不思議そうに首をかしげていた。

それがどうかしたの？　そう訊ねた陸に、女子はきつく眉間にしわを寄せ、小鼻をひくつかせながら口を開いた。

『気持ち悪い』

言い放った唇からはつばが飛んだ。心の底から湧き上がった侮蔑の言葉に、陸はただただ目を丸くするだけだった。

そしてその一言が引き金となり、クラス全体が陸を異質なものとして見るようになった。そういえばあいつの部屋くまのぬいぐるみがあったけどなんか女の部屋みたいだった。そういえば陸くん昔からわたしたちとばっかり遊んでた。スカート穿いてたの冗談だと思ってたけどどうなんだろう。あの鞄についてるキーホルダー変じゃない。筆箱もなんか子どもっぽいよね。

陸と話すのやめようオカマがうつる。

けれど幸いにも、それは長く続かなかった。陸が成長期に突入し、背が伸びて声変わりをしたからだ。髪もばっさりと切り、鞄のキーホルダーは外した。筆箱もその中に入っていた文房具もなにもかも、柄の入っていない無機質なものに変わった。

成長期はともかくとして、陸も涙ぐましいほどの努力をしていた。あれほど気に入っていたキャラクターのキーホルダーは私にくれた。イチゴの香りがする消しゴムはいつの間にか私の筆箱に入っていた。歩き方や話し方も努力の甲斐あって男の子らしく粗野になり、毎晩抱いて眠っていたテディベアが私のベッドにやってきた。

一度は離れていた私と陸が再びつるむようになったのもこのころから。彼の部屋にあった宝物はすべて私の部屋に持ち込まれ、自分でも驚くほど女の子らしい部屋に変わった。

いわば陸の部屋がそのまま私の部屋に引っ越したようなものだ。だから彼は毎日私の部屋に来た。彼の女装に何も言わない私の前でだけスカートを穿き、そして私にも同じように着替えさせた。どこからか覚えた知識でメイクをするようになり、ますます女性らしく変身する術を身につけていた。

私は陸の女装について、嫌悪も何も抱いていなかった。中学時代の女子たちも、生理がはじまったばかりの多感な年頃だったのだから、男子や性にとても敏感になっていたのだと思う。私が初潮を迎えたのは中学三年生のときで、そのころには陸に対するまわりの視線もなくなり、ふたり一緒にいることも当たり前になってしまっていた。

私は陸を拒むよりも、擁護している気持ちのほうが強かった。彼の趣味は誰にも知られてはいけない。二人だけの秘密にしなければならない。

陸を守るためなら、着せ替え人形にでも何にでもなれる。

彼の特別な相手でいられることの優越感がなによりも勝っていた。幼いころの夢は陸のお嫁さんだったのだから、我ながら長い恋だと思う。

その長い長い年月は、この関係がおかしな方向に転がってしまったことまでをも、あっさりと受け入れてしまったらしい。

学校祭の準備がはじまると、私たちの秘密の花園に変化が訪れた。

いつもまっすぐ帰宅していた放課後は作業で削られるようになった。模擬店で提供する料理、内装、衣装それぞれについて何度も打ち合わせが重ねられ、調理係のリーダーの私は必ずそれに参加しなければならなかった。

陸のいる大道具係は屋外で作業することが多く、下校時間まで顔を合わせないことも当然ある。下校してからもメンバーの家でメニューの試作をしたり、買い出しをしたりとすれ違いになり、私の部屋に来ない日もあった。

毎日会う陸が男の子の姿ばかりになった。

暦が七月に変わり、学校祭が間近に迫ったある日曜日に、委員長の家で打ち合わせがあった。各係のリーダーほか何人かの生徒が集まり、その中に陸もまじっていた。進捗状況を報告し合い、どの係もテーマに沿ったものができあがることにみんなで胸を撫で下ろした。

午後には解散になり、私は陸に引きずられるようにして大通のデパートへと向かった。

初夏にはライラックまつりやYOSAKOIソーラン祭りの開催された大通公園だが、イベントのない時期は市民の憩いの場になっている。夏の日差しを浴びてきらめく噴水のしぶきが涼しそうだが、私たちはそこで水遊びをする子ども時代をとうに卒業していた。

彼の目当ては井口さんの使っていたリップグロスだった。欲しいと言っていたが多忙な毎日で時間をつくれず、念願叶っての買い物の時間になった。

私がグロスを探しているというていで美容部員さんに相談し、商品をいくつか試させてもらった。新しい色を塗るたびに「もっと明るい色がいいかも」「それも似合うね」「やっぱりあの色も試してみたら」とコメントする陸を見て、コスメカウンターの店員さんたちはみな「彼女のことが大好きなのね」と褒めていた。

化粧っ気のない私は初心者向けメイクを教えてもらい、陸はさりげなくプロの技を目で盗んだ。「彼氏のためにお化粧頑張ってね」とサンプル一式をもらった私は、デパートを出るとすべて陸に渡した。

そして久しぶりに私の部屋に行き、リュックをベッドに放り投げると着替える間もなくメイクがはじまった。

「やっぱり一花はこの色にして正解だったな」

折りたたみテーブルの上にメイク道具と鏡を並べる。いったい何種類あるのか、陸はプロに劣らない数の道具をそろえていた。美容部員さんに教えてもらった技を駆使して、手早くけれど丁寧に私の顔を作り上げていく。

「井口と違う色にしたかったけど、やっぱりこれが一番発色が綺麗だよな。これに合わせるなら、こないだ買ったタイトスカートがいい。そしたら今日は髪もあまり巻かずに艶を出して……」

この部屋の主の私よりも、陸のほうがよっぽどクローゼットの中に詳しい。「スカートにラインが出たら嫌だから」と下着まで指定する。陸は私の身体のサイズの変化まで正確に察知しているだろう。

今日のコーディネートを受け取り、私はおずおずと口を開いた。

「……メイクは？」

「あとで仕上げするよ」

「そうじゃなくて、陸が」

言われてようやく、彼は自分が男の姿だと気づいたらしい。ああ、と小さく声を漏らし、私が着替える間にクローゼットからワンピースを引っ張り出した。

彼は私の持っている下着まですべて把握しているが、自身はブラジャーをしない。そのスカートの下はいつもボクサーパンツだ。Tシャツを放り投げてあらわになった上半身には、乳房ではなく筋肉の膨らみがあった。

私にかけるよりもうんと短い時間で、陸の準備は完了してしまう。黒髪ストレートのウィッグをかぶり、ファンデーションにアイシャドウをさっと載せただけの薄化粧。けれど口紅を塗ればそこにはほのかな色気を含んだ女性が座っていた。

服はワンピース一枚。それは陸のお気に入りの一着であり、裾の広がったやわらかな布地にあえて色の濃いストッキングと合わせることでその脚線美を強調させている。彼は日頃手入れを怠らないため、手足にムダ毛は一切ない。

「やっぱりこの格好しないと調子出ないわね」

しなを作って微笑む陸。こうなった彼は無敵だった。

いつもより念入りにアイロンをかけた髪を内に巻き、オイルで艶を増す。メイクの仕上げをしても物足りないのか、イヤリングを選んではああでもないこうでもないと付け直す。久しぶりの秘密の花園に、陸がいかにこの時間を待ちわびていたのかを知った。

「さ、できたわよ。綺麗になったわ」

私に鏡を見せながら、陸がんふふと笑う。化粧が薄いからだろうか、いつもよりまなざしが鋭い気がした。

「さすが、陸」

「ありがと」

私も自分でメイクをすることはあるが、ここまで目を大きく見せることはできない。すこし癖のある髪にアイロンをかけただけで雰囲気が変わった。いつもは年相応の可愛らしいメイクをしがちだが、今日はグロスの色に合わせて大人っぽく仕上がっている。

自分でも、いつもより綺麗に見えるなと思った。長年私の顔をいじり続けた陸だからこそ、引き立てるべきチャームポイントとカバーすべきところがわかっている。彼は雑誌に載っている人気の女優風メイクを決してしない。流行を取り入れることはあっても、あくまで私自身を大切にしてくれている。

ああやっぱり、陸はすごいな。鏡を見ながら感心してしまう。そんな私に、彼は瞳を輝かせながら一歩膝を近づけた。

来るぞ。いつもの台詞が。

「一花、さわってもいい？」

「……いいよ」

唇を動かすと、巻いた髪がグロスにくっつく。マスカラがいつもより濃く、まばたきが重い。

私をベッドに座らせ、陸は膝立ちのまま太ももに手を乗せてくる。ストッキングを穿いた膝を撫で、指でつま先までのラインをなぞり、声なく微笑む唇がそこに寄せられた。

まるで美女に傅（かしず）かれているかのように思える。私がそっと髪に手を伸ばすと、けむるような瞳がこちらを見上げた。

前髪の隙間から見えるそのまなざしまでもが色っぽい。陸は髪を耳にかけ、膝に唇を寄せるとふいに腰を上げた。

ベッドに押し倒され、覆い被さるように手をつけば逆光で表情が隠れてしまう。そろいのコロンが私と違う香りを放つ。ウィッグの毛先がはらはらと流れて胸の上に落ちた。

「一花」

そのささやきとともに、陸の手が頬に伸びる。久しぶりの気持ちをおさえられないのか、触れた指先がかすかに震えていた。

陸は肘をついて顔を近づけた。身体が重なるが、苦しくはない。私に負担がかからないようにと気遣っている。その優しさに身体の緊張が抜けるのがわかった。

息がかかるほどの距離で、ようやく陸の表情が見えた。言葉もなく見つめるその瞳に映る自分。それがまるで別人のように見えて、頭の中で冷静な自分が首をもたげる。

陸の瞳は、いつも誰を見ているのだろう。

彼の前にいるのは私だ。この秘密の花園で、彼に言われるがままに着飾る人形だ。けれど陸は、私になにを求めているのだろう。誰の姿を求めて服を着せているのだろう。何を言ってほしくて唇に色を載せるのだろう。

どうしたら、陸は私自身を見てくれるのだろう。

「……陸？」

私が呟く(つぶや)よりも早く、陸の唇が目尻に落ちる。反射的に目をつぶると、彼の指がブラウスの下に滑り込むのを感じた。

いつの間にかボタンを外されていた。はだけた胸元に寄せられた唇は肌に口紅のあとをつける。深みのあるボルドーの口紅は陸のお気に入りの色だった。

けれど陸は、このボルドーを私の顔に載せたことがなかった。

彼に似合う色が、私には似合わない。陸が私に求めているのは、彼にとっての理想の女性だ。彼の好きな色が似合い、彼の好きな服を着こなす、彼にとっての女神だ。

けれど私は、それに応えることができない。

「一花、綺麗よ」

ささやく唇が耳たぶを食む。その感覚に身体がぞくりと震えた。

いま、目の前にいる陸は女性の姿だ。

けれど私に触れる手は大きく、たくましい。

身体を起こし、私を見下ろす姿は紛れもなく女性の姿だ。

けれど、ワンピースの下の身体はごつごつと骨ばっている。

「いちか……」

ささやく声は甘く掠れ、そして深い。

アイシャドウを塗ったはずのまなざしが、鋭い。

「陸」

とっさに私は、彼の胸を両手で押し返していた。

けれど陸はその手を摑み、簡単にベッドに縫い止めてしまう。片手で私の手を押さえ、もう片方の手で肌に触れる。逃れようとする身体にわざと体重を乗せて動けなくする。

胸元を這う唇から吐息を感じて、身体が火をつけられたように熱くなった。

陸と離れて過ごしすぎた。

放課後に部屋で会わずに、学校でばかり会っていた。ほんのわずかな期間にもかかわらず、私は陸の男の子の姿に慣れてしまっていた。

いま、自分に覆い被さっているのは誰なのか。

「……陸、待って」

声が届いていない。いつものことだ。陸は私のことを人形のように扱っている。

彼は私の身体に理想の女神を重ねている。

「陸、はなして」

力を込めてもびくともしない。頰に、目尻に、額に、そしてまた頰に唇が寄せられる。

陸は私にキスをしているのではない。理想の女の子にキスをしているのだ。

彼にさわられるたびに、恋い焦がれる気持ちを悟らせまいと必死にこらえる、本当の私に気づいてくれない。

「陸」

私の声が、赤い唇に塞がれた。

はじめてのキスだった。

陸が一度も触れたことのない場所だった。

「……やめて！」

顔を背けて、私は叫んだ。

その声に怯んだのか、緩んだ陸の手をふりほどく。ベッドから転げ落ちるようにして離れた私を見て、彼はぽかんと口を開けた。

「……一花？」

「さわらないで！」

伸ばされた手から逃れるように、私は立ち上がった。

陸が呼ぶ声が聞こえた。それに振り向くこともできず、私は秘密の花園を飛び出した。

○

無我夢中で走ると、昼間の日差しが残す暑さにたまらず汗がにじんだ。

タイトスカートが肌に張りついて走りづらい。髪が顔にかかって呼吸の邪魔をする。息が切れスピードが落ちはじめたころ、昔よく遊んでいた公園に差しかかった。

ライラックも終わりの季節だが、公園には遅咲きの花が残っている。コロンとは違う天然の甘い香り。それを嗅ぐたびに、私は子どものころのことを思い出す。

公園は四季折々に花が咲いていた。春はタンポポの絨毯が広がり、シロツメクサの花冠をかぶりながら四つ葉のクローバーを探した。夏にはニセアカシアの花弁が雨のように降り、花壇のラベンダーが愛らしいつぼみをつけていた。秋は熟した木苺やオンコの実をおやつがわりに食べて遊んだ。

あのころは花園も秘密ではなかった。

大きな滑り台がついたアスレチックは昔から変わらずそこにあった。私と陸はいつもそこで日が暮れるまで遊んでいた。転んで膝小僧をすりむき、泣きべそをかく彼の手を引いて歩いた帰り道は、夕日を浴びて影が細く長く伸びていた。

『もう泣かないで、陸。帰ったらばんそうこう貼ってあげるから』

『だって、服が泥だらけになっちゃった』

泣きじゃくる陸が転んだのは、鬼ごっこで年上の男の子たちに追いかけまわされたからだった。

『なんでピンクの服を着たらからかわれるの？　一花は何も言われないのに、なんで？』

『陸は男の子だからじゃない？』

『なんで？　なんで男の子はピンクを着ちゃいけないの？　なんで保育所にスカート穿いていったら駄目なの？　なんで一花と同じじゃだめなの？』

五時のチャイムを聞きながら、陸と手をつないで歩く私はお姉さんのつもりだった。

そのメロディを振り切るように、私は公園の中を走り抜けた。

もう帰れない。帰りたくない。

夕暮れに帰っていたあのころには戻れない。

唇に陸の感触が残っている。それに心の鍵を開けられてしまった。もっとさわってほしいと、抱きしめてほしいと、本当の私を知ってほしいと思ってしまった。

ライラックは恋の花と呼ばれている。私はこの公園で遊んでいたころから、その香りに包まれ恋をしていたのだ。

陸のことが、好きで、好きで、好きで。

そして、苦しい。

「——痛っ」

前も見ずに走っていたため、私は歩いていた人に気づかなかった。

「すみません」

ぶつかった拍子に相手の鞄が落ちてしまい、それを拾うとその人と目が合った。

「……井口さん？」

今日の昼間、委員長の家に集まったメンバーには衣装係の井口さんもいた。自宅はこの近辺ではないはずだが、どうしてここにいるのか。驚く私に、彼女はぶつけた肩をさすりながら形の良い目を丸くしている。

「蓮見(はすみ)さん、どうしたのその格好」

その指摘に、私は我に返る。学校ではいつも化粧っ気のない姿で、癖のある髪もそのままのおぼこい姿にしていた。ここまで着飾った姿を彼女は見たことがない。

「お化粧すると雰囲気変わるね。いいんじゃない？　学校にもそれで来ればいいのに」

しげしげと観察するまなざしが、ふいに私の背後に移る。

「――一花！」

陸が追いかけてきた。呼ぶ声は息が切れ、甘い声を作る余裕もない。振り向くと、ワンピースのままだった。

井口さんに気づかない陸に、私は血の気が引くのを感じる。二人を会わせてはいけない。私が動くよりも早く、彼女の瞳が陸をとらえた。

立ち止まり、膝に手をついて息を切らす姿。乱れたウィッグで顔は隠されているが、彼女の視線は足もとに移った。陸は女性用の靴を持っていない。それは女装するのが私の部屋だけのことだから。外に出るためには、男性用のスニーカーを履くしかない。

服と靴の違和感に気づいた彼女の視線が動くのと、陸が顔を上げたのは同時だった。

「……遠野くん？」

井口さんはあっさりと正体を見破ってしまった。

「その格好、なに？」

陸の顔が見る間に青ざめていくのがわかる。つかつかと歩み寄る彼女の背に、私は声をかけることもできない。

「なんで女の子の格好なんてしてるの？」

陸は酸欠の金魚のように口をぱくぱくと動かしている。服の下では走った汗ではなく冷や汗が流れているに違いない。

私が陸を、守らなければ。

「――練習なの」

口を開いた私に、ふたりが振り向いた。

「学校祭の練習なの。陸にお化粧してみたんだけど、なんかうまくいかなくて」

一度話し出すと止まらない。つとめて軽い口調で、私は言葉を続けた。

「当日にぶっつけ本番でやるより、あらかじめ練習していたほうが雰囲気摑めるでしょう？　衣装も悩んでるみたいだから、家にあった私の服を着せてみたんだけど」

苦しいだろうか。不安な気持ちを押し殺し、私はまっすぐに彼女の瞳を見つめた。

「衣装係は井口さんなのにごめんね。当日、私もなにか手伝えたらと思って」

「……それは別に良いけど」

押し通せた。彼女は強張っていた表情を緩ませ、私たちを交互に見比べる。

「やっぱり女子と男子って同じ化粧をしてもだめなのね。遠野くんならちょっといじれば大丈夫だと思ったけど、こうやって見ると……」

唇に拳を当てながら、井口さんが陸を観察する。遠慮のない視線を浴びて陸は微笑んでみせたが、それは唇がひきつったようにしか思えない。

「服も化粧もあたしたちのものを使えばいいってものじゃないかも。遠野くん、女の子っぽい顔してると思ってたけど、なんかオカマっぽく見える」

レディースの服を着ると男の骨格が悪目立ちしてる。女っぽくしようとすればするほど不自然になる。先輩たちの女装喫茶が失敗したのはそれが原因だったのね。ひとり冷静に分析し、井口さんは自分に言い聞かせるように大きくうなずいた。

「参考になった、ありがとう。学校祭の前に練習する時間を作ろうか」

「そうだね。私にも手伝えることがあったら言って」

「ふたりとも早く帰ったほうが良いよ。遠野くん、罰ゲームみたいになってるから」

じゃあねと軽く手を振り、井口さんは帰っていった。

私たちはただただ呆然と、その場に立ち尽くすしかなかった。


「……陸、大丈夫？」

刻々と日が沈み暗くなっていく公園の中。私は滑り台の下をのぞき込んだ。

アスレチックの穴の中で、陸が膝を抱えうずくまっている。公園で遊ぶ子どもたちはいない。人通りが途絶えた公園は風が吹くたびに木々が揺れ、いたずらに緑の香りを立ち上らせるだけだった。

「陸」

呼びかけても返事はない。膝に顔を埋める彼がどんな表情をしているかもわからない。

井口さんの姿が見えなくなったあと、陸は何も言わずにこの場所に隠れてしまった。

子どものころ、彼は嫌なことがあるとここに隠れていた。身体の小さかった陸は男子たちにしょっちゅうからかわれていた。そのたびに滑り台の下に逃げ込み、誰もいなくなるまでじっと潜んでいた。

そんな彼に声をかけていたのもまた、私だった。

「陸、帰ろう……？」

手を伸ばせば、うずくまっていた陸が顔を上げるはずだった。五時のチャイムが鳴るころに、ふたり手をつないで帰るはずだった。けれど今日の陸は、私の呼びかけにもかたくなに応じようとしなかった。

さきほどまで、彼から逃げていたはずだった。けれどその気持ちも消え、私は背中をかがめて滑り台の下に潜り込んだ。

子どものころは広かったはずの空間が、とても狭く感じる。膝と膝がぶつかる距離に、この場所を使わなくなった歳月を思う。秘密の花園は私の部屋だけだと思っていたが、彼とはずっと昔からふたりだけの特別な場所があったのだった。

風が通らないのか、公園のにおいがこもっている。緑の香りにかすかに混じったライラックの香り。私たちと同じコロンの香りが、子どものころの自分たちと重なる。

「帰ろう、陸。暗くなるよ」

私が肩に手を乗せると、陸が無言で首を横に振る。

「井口さんに言われたこと気にしてるの？　大丈夫だよ、今日は急いでたからお化粧も薄かったし、靴もスニーカーだったしさ」

乱れたウィッグが絡まっている。汗でコロンも流されたのか、陸の香りを間近に感じる。

「大丈夫だよ、陸」

「…………ない」

かすかに漏れた声は震えていた。

「井口さんは大丈夫だよ。勝手に言いふらしたりしない。学校祭でうんと綺麗な格好して、それでみんなをあっと言わせようよ」

「……ない」

「帰ろう、陸。こんな狭いところにいたら身体が痛くなっちゃう」

日がさらに傾いたのか、あたりが急に暗くなった。夏といえども日が落ちれば寒くなる。薄着のままでは風邪を引いてしまうかもしれない。

「ねえ、帰ろう？」

顔をのぞき込むと、陸の表情がかすかに見えた。

「……もう、なれない」

泣いていると思ったが、その瞳に涙のあとはなかった。

「私は一花になれない」

「……陸？」

手を伸ばし、こちらを向かせる。陸は抵抗しようとしたが、息がかかるほど顔を近づけると、観念したように目を伏せた。

「一花になれない」

「私に？」

わずかに口紅の残る唇を噛み、陸がかぶりを振る。

「ずっと、一花になりたかった。一花と同じ服を着たかった。一花の顔になりたかった」

何度も繰り返される私の名前。まるでうわごとのように、彼はそれを繰り返した。

「子どものころは同じだった。一花と同じ服が入った。髪を伸ばしても怒られなかった。一花と同じ女の子でいられたんだ」

あのころの私たちはまるで姉妹のようだった。背は私のほうが高く、陸におさがりをあげると喜んで着ていた。スカートを穿いて遊んでいると女の子同士だと思われ、それに違和感を覚えることもなかった。

お互いがお互いの特別でいられることがたまらなく嬉しかった。

けれど月日が経つにつれ、身体と心は変化を迎えるようになった。

「少しずつ、一花の服が入らなくなった。大きいサイズを買っても今度は自分に似合わなくなった。一花と同じ化粧をしても、一花とは同じにならなくなった」

「……陸は、女の子になりたいの？」

それはずっと胸に抱えていた疑問だ。けれど彼は首を横に振った。

「一花が理想なんだ」

ようやく、陸がこちらを見た。

「子どものころから、ずっと一緒にいた女の子なんだ。ずっと同じでいられると思った。でも、それができなくなった」

「……陸は私になりたかったの？」

再びまぶたを伏せ、彼は静かにうなずいた。

「一花は一花で、同じにはなれなかった。一花の身体がどんどん女の子っぽくなっていくのに、私は同じ身体にはなれなくて。それが、自分とは違うって突き放されてるみたいで……」

愛でていた人形に感じはじめた、違和感。

「一花の中の自分を探したけど、どこにもいないんだ。同じところがどこにもない。一花は毎日まいにち綺麗になっていくのに、私は服も化粧も似合わなくなってきた。それが悔しくて、うらやましくて、一花の中に自分がいないのが、悲しくて」

彼は私の中に、自分の姿を探していた。

「……一花が好きなんだ」

振り絞るように、陸は言った。

「一花の中に自分と同じところがあると思うと安心した。一花が私のことを見てくれてるんだって思った。でも、一花の身体が変わっていくたびに、自分とは違うって、突き放されてるみたいで……一花の中の自分を探そうとするうちに、抱きしめたくなって、めちゃくちゃにしたくなって、自分のものにしたくなって……」

そう思ってしまう自分が、よけいに一花から離れていくような気がした。その言葉とともにきつく閉ざされていたまぶたが開き、大粒の涙がこぼれた。

「ごめんね、一花。ごめんね」

「……陸」

こらえきれず泣き出した陸が、まるで子どものような嗚咽(おえつ)を繰り返す。

「ごめんね。一花のこと傷つけたね。ごめん」

涙を拭うたびにアイシャドウが落ちていく。ファンデーションもなにもない、無垢な肌に私はそっと手を伸ばした。

「私も陸のこと抱きしめたいよ」

涙に濡れたその手を、私は握った。

「さわって、陸」

その手を引き寄せる。ためらい、離れようとする手を胸に押し当てた。

「あやまらないで。もっと探して。陸はここにいるから」

乱れた髪をかき分け、私はその瞳をのぞき込んだ。

「私が大好きな陸が、この中にいるから」

互いを想う気持ちが、いつしか姿を変えていた。

手を取り合い、姉妹のように親友のように育った私たち。けれど、その気持ちを先に裏切ったのはきっと私だ。

私は陸のことを好きになってしまった。

自分の中にいる彼が姿を変えた。抱きしめたくて、ひとり占めしたくて、それを知られたくなくて——自分の中から彼を消そうとしてしまっていた。

私は私で、陸は陸だ。いつまでも同じではいられない。どちらかに合わせることもできない。これから身体が成長するにつれ、もっともっと、違うところが増えていくだろう。

けれど、陸が好きな気持ちは決して変わらない。

彼の手がおずおずと胸を包み込む。いつもの遠慮のなさはどこにいったのか、そのぬくもりに、私はふっと笑みがこぼれた。

陸にもやわらかな心がある。触れれば壊れてしまいそうな、けれどひとり占めしたくなるような、いっそ自分の手で壊してしまいたくなるようなもろくて儚いところがある。その中に、宝物のように守られていた私がいるのだろう。

彼が私に触れる気持ちが、わかるような気がした。

陸の頬を両手で包み込む。息が触れ合うその距離で、唇が私の名前を紡いだ。

それが声になる前に、私はそっと、唇で塞いだ。

○

気づけば公園に夜の帳がおりていた。

外灯が心もとなく灯る道を、ふたり手をつないで歩いた。いつも嗅いでいたはずの花の香りが、一緒に歩いたはずの道が、今日はまったく違う世界のように感じた。

マンションに戻っても、私たちは秘密の花園に帰らなかった。

陸の部屋に入るのは何年ぶりか。そこはいち男子高校生の部屋だった。学習机もベッドもカーテンも、すべてがシンプルな部屋。床に無造作に置かれた荷物や、漫画本の巻数がばらばらに並べられた本棚。すこし散らかった、普通の男の子の部屋。

甘いコロンもなにもない、陸の香りだけがする部屋。

扉を閉めるまで、私たちは一言も話さなかった。鍵をかけても何も言わない。しんと静まりかえった部屋の中、一言でも声を出せばこの世界が崩れてしまうような気がした。

今日が初めてだったはずのキスが、昔からずっとしていたかと思うほど、自然と繰り返される。お互いの唇の感触を知っていたかのように、それを確かめ合うように。なぜ今までこうしなかったのだろうと不思議に思うほどだった。

部屋の明かりは消えたままだが、窓から差し込む月明かりが私たちの身体を照らしていた。

まるで繊細な砂糖菓子を扱うように、陸は優しく私に触れた。アイシャドウの落ちた瞳が言葉なく語りかける。身体を気遣うような視線の奥に、鋭い光が見え隠れしている。

私が手を伸ばすと、その髪に指が絡まった。ウィッグがずれてしまったが、陸はそれを気にするそぶりもなくシーツの上に落とした。

彼の素顔があらわになる。そこに女の子の陸はいなかった。

なぜ私たちは違う身体をもってうまれたのだろう。

陸の手が肌に触れる。その手が私の身体のかたちを教えてくれる。子どものころは同じだったはずの、胸が、腰が、お尻が、いまは違うものになったのだと教えてくれる。

けれど、互いの胸の中にある想いは同じだ。

陸の身体は私と違っていた。引き締まった二の腕を摑んでもびくともしなかった。抱きしめられるとその力強さに息が詰まった。けれどすぐに力を抜く優しさがあった。

「一花」

その声が、耳に深く染み渡る。

「綺麗だ」

陸も綺麗だよ。そう言い返す前に、また唇が重なった。

お互いを探すように。お互いを教え合うように。

ひとつになれるように。


なぜ私たちは違う身体を持ってうまれたのだろう。

目には見えない、心の奥底にある、自分と同じものを探すためだろうか。

それを知るために、私たちはお互いのぬくもりを確かめ合っていた。

2　さくら　さくら

わたしたちのさくらが咲いたのは、名残惜しむような雪が降った日のことだった。

「……あった」

ミトンの手袋をはめた手で受験票を握りしめ、わたしは呆然と呟いた。

大粒の牡丹雪を降らす雲が、校庭の掲示板に集う生徒たちを見下ろしている。みな目を凝らして羅列された受験番号を眺め、いざ自分の番号を見つけると喜びの声をあげた。

「――あった！」

誰よりも大きな声が鼓膜を震わす。周囲の視線も気にせず、万歳をする手にはわたしと同じ手袋があった。

「受かった！　私、合格したよ、葉月！」

「わたしもあったよ、由乃」

勢いよくわたしに抱きついた由乃が、ムートンブーツを履いた足で飛び跳ねる。その揺れで頭をがくがくと揺さぶられ、雪がまぶたに落ちて溶けた。

会場ではたくさんの受験生が悲喜こもごもの表情を浮かべていた。由乃は歓喜のあまり涙が出たのか、手袋を外して涙を拭う。その指には見たこともないような大きなペンだこができていた。

「勉強頑張ってよかった……葉月とまた同じ学校になれて嬉しい」

志望校を決めたとき、由乃は担任から無理せずランクを下げるよう言われていた。一緒の高校に行こうと約束していた彼女はクリスマスもお正月も返上して勉強に明け暮れ、見事第一志望の合格を射止めたのだ。

「葉月、ずっと一緒にいてね」

あごのラインで切りそろえた髪が、その小さな顔を際立たせている。枇杷（びわ）の葉のように大きな目からのぞく丸い瞳に見つめられると、まるで吸い寄せられるようにうなずいてしまうのだった。

「もちろん。高校でもずっと一緒だよ」

彼女と同じ長さに切った髪が、かぶったフードで隠れていた。けれど耳あては一緒に買ったもの。ミトンの手袋もクリーム色のマフラーもキャメルのダッフルコートもムートンブーツもすべてがおそろいだった。

雪が強さを増し、視界を白く染める。先日まで順調に雪どけがすすんでいたが、再び景色を銀世界に変えていく。由乃は校庭の木々が雪化粧していく様を眺め、うっとりと呟いた。

「この校庭の木、桜なんだって。入学式には間に合わないけど、満開の桜を見ながら登校できるなんて楽しみ」

まだ硬いつぼみも、四月の下旬にはほころびはじめるだろう。由乃とふたりで登校する姿が自然と目に浮かんだ。

同じ制服を着て、同じキーホルダーをつけた鞄を提げ、同じ髪型をして同じ丈のスカートで歩くわたしたち。同じくらいの背丈で同じような体型をしていると、まるで双子のようにそっくりな姿になる。

わたしと由乃は一心同体。ふたりでひとつの運命共同体だ。

○

由乃とはじめて出会ったのは、桜の見頃もとうにすぎた中学二年の夏のことだった。

「――染井(そめい)由乃です。よろしくお願いします」

黒板の前でそう挨拶をした彼女は、教室でさざ波のように起きた笑いに顔を赤くしてうつむいた。

新しい制服が間に合わなかったため、自分たちと違うセーラー服姿で所在なげに立っていた由乃。中途半端な時期に転校してきた彼女を、クラスの誰もが奇異のまなざしで見つめていた。

「それじゃあ、誰か学校を案内してあげてくれるかしら?」

担任が教室内に視線をやり、わたしと目が合った。すると彼女は口紅を塗った唇を微笑ませ、「葉月に頼もうかな」と言った。

それがきっかけで、わたしは由乃と唯一無二の親友になった。

晴れて高校に入学したわたしたちは、一年でも同じクラスになることができた。中学とは違う生活に追われるうちに学校祭の準備がはじまり、一年C組は模擬店でお化け屋敷をすることが決まった。

「おーい、ちょっとこっち手伝って」

男子に呼ばれ、わたしたちはふたりそろって顔を上げた。

「どっちを呼んでるの？」

「どっちでもいいよ。看板の脚つけるから、ここ押さえておいてほしいんだよ」

お化け屋敷では大道具係が一番の大所帯だ。工具を使う作業は校舎外と決まっており、すべての学年が中庭に一堂に会している。大道具係のリーダーは野球部に所属しているため、中庭でも声がよく響いていた。

先に立ち上がったのはわたしだった。地面に散らばる道具をひょいひょいと飛び越し、作業中のリーダーのそばに行く。はずみでスカートの裾がめくれ上がり、彼はあわてて顔を背けた。

まだ製作のはじまっていないクラスもあるが、わたしたち一学年は早い段階から準備をはじめていた。呼び込み用の看板に取り付ける脚を押さえると、彼は金槌で釘を打ちはじめる。

「リーダー、手際良いね」

「親が大工だからな。子どものころから金槌とノコギリ持って遊んでたんだよ」

彼が木材をノコギリで切る姿は堂に入っていた。釘を唇にくわえて振り下ろす金槌には迷いがなく、普段から使い慣れているのだとわかる。大道具は彼の指揮のもと、看板や通路の壁など着々と製作がすすんでいた。

「土台はもうほとんどできてるんだけど、仕掛けが微妙なんだよな。予算も限られてるからいろいろ節約してるけど、貧乏くさいお化け屋敷になるのも嫌だし」

いまごろ教室では、お化け役と衣装係の生徒が打ち合わせをしているはずだ。幽霊の仕掛けは豆電球やこんにゃくなど王道の小物で計画しているが、学校祭のお化け屋敷は得てして手作り感が出てしまう。脅かす際にお客さんとの接触を禁止されているため、よけいに怖がらせることが難しくなっていた。

「せっかくの大道具なんだからなにかカラクリ作りたいよな。お化け役が突然現れるような感じで」

「ペンキはわたしたちがやるから、仕掛けはリーダーにお任せするよ」

わたしは由乃とふたりで塗装を担当していた。大工道具を振るう男子たちから離れ、由乃は中庭の隅で黙々と刷毛を動かしている。それを見たリーダーが小さく嘆息した。

「染井は手先が器用そうだし、大道具より衣装係のほうがよかったと思うけど」

わたしたちが大道具係を選んだ理由は、係決めのときに定員に達していなかったから。人気の衣装係やお化け係では抽選になってばらばらになってしまう可能性があったため、一番枠の大きな係に入ったのだ。

しかし由乃は力が弱く、木材を運ぶのも金槌を振るうのもうまくいかなかった。わたしはほかの男子に呼ばれて大工仕事を手伝うこともあるが、彼女に与えられたのは力を使わない作業が多い。

渡り廊下の壁に隠れるように身をかがめる姿は、まるでカゴの隅に潜むハムスターのようだ。今日は風が強く、地面に敷いたビニールシートが何度もめくれ上がってしまう。道具を入れていたゴミ袋が風に舞い上がり、それが由乃のそばに落ちた。

「ごめん染井、それとって」

「…………」

由乃は声になりきらない小さな声を返し、ゴミ袋を男子に返す。サンキュ、と言われても小さくうなずくだけ。圧倒的に男子が多いこの係で、彼女は浮いてばかりいた。

由乃は極度の男性恐怖症であり、係の男子ともまともに話すことができない。リーダーもクラスの男子もそれをからかうことはなく、高校生という大人の階段を上ったのだなと実感する。

「由乃、看板できたよ。かっこいい絵でよろしくって」

できあがった看板を運び、わたしたちは塗料の準備を始める。口うるさいリーダーの指示により、ペンキの前に下地を塗ると決まっていた。

ローラーに塗料を染み込ませていると、ふいに頭上から声をかけられた。

「──そんな格好のままやったら制服にペンキついちゃうよ」

見上げると、男子生徒が渡り廊下の手すりからこちらをのぞき込んでいた。下校途中なのか、リュックを背負っている。一学年では見覚えのない姿だった。

「着替えたほうがいい。ジャージ持ってきてる?」

「あ……今日は体育なかったので」

中庭で作業しているとほかのクラスの生徒と関わることもあるが、面と向かって話しかけられると緊張してしまう。由乃は声が出ないのか、首を横に振るだけだった。

「じゃあ俺の貸してあげるよ。授業あったけど、Tシャツだけで上は着てないんだ」

「でも」

「男子はいいけど、女子の制服がペンキだらけになるのはかわいそうじゃん」

彼はリュックからジャージを取り出すと、それを由乃に渡した。水色は二学年の証だ。後輩が戸惑っているのもかまわず、彼は先を歩く男子を追いかけてジャージを奪い取る。

「はい、もうひとつ。大きくて動きづらいかもしれないけど、汚しちゃっていいから」

「すみません」

「あと、軍手もしたほうがいいよ。ペンキってなかなか落ちないし、洗剤で肌が荒れたらかわいそうだ」

じゃあねときびすを返し、彼は先ほどの男子を追いかける。クラスメイトだったのか、その軽快なやりとりが風に乗って聞こえた。

「俺たちのクラスもいいかげん作業はじめないとやばいよな」

「次のホームルームでテーマ決めよう。ちゃんと意見出せよ、陸（りく）」

「俺は大道具がやりたいな。外の作業ってのびのびできて楽しそう」

中庭で作業をはじめていないのは二年A組だ。わたしたちは呆然と顔を見合わせ、借りたジャージを広げた。

「……遠野（とおの）先輩」

ジャージにはひとりひとり苗字が刺繍されている。由乃は彼——遠野先輩のジャージにおずおずと袖を通した。

「大丈夫？」

「平気。せっかく貸してくれたんだし、着ないと悪いから」

由乃は異性を前にすると固まってしまうが、男性の服を着ることには抵抗がないらしい。

わたしも借りたジャージを広げ、その刺繍を見て小さく声を上げた。

「これ、千彰のだ」

「葉月のお兄さん？」

わたしには一つ上の兄がおり、同じ学校に通っている。さきほどの姿を探すと、千彰はこちらを振り向いて手を振った。

なぜ突然親しげに話しかけられたのか謎だったが、きっかけは兄だったのだろう。作業中の妹に気づき、それをクラスメイトに話したところ興味を持たれ、ちょっかいをかけにいった——その経緯が目に浮かぶ。

「いいな葉月は。私、ひとりっ子だから兄弟って憧れる」

「普段は喧嘩ばっかりだよ。学校ではいい顔してるだけ」

年子のため、兄妹よりも双子のような感覚に近い。借りたジャージを羽織ると、自分の服と同じ柔軟剤の香りがした。

ジャージはサイズが大きく、ローラーを動かすたびに袖が落ちてしまう。由乃はずり落ちるたびに神経質にたくしあげていた。

「絶対汚さないようにしなきゃ」

「一緒に持って帰って、千彰から返してもらおうか？　二年のクラスに返しに行くのも気を遣うし」

一学年と二学年は同じ階に位置する。けれど上下関係のテリトリーは厳しく、二学年が使用する階段を一学年が使うことはできない。トイレも二学年は同じ階のを使えるが、わたしたちは違う階まで足を運ばなければならないのが暗黙のルールだった。

「……そうだね。私はきっと、お礼も言えないだろうから」

力なく笑う由乃自身、男性恐怖症をどうにかしたいと思っている。クラスの男子はおろか先生の前でも声が出なくなってしまうのだ。ある程度免疫ができれば慣れはするものの、自ら話しかけることは決してない。

「私にも兄や弟がいたらよかったのかな……」

白魚のように細い指先で胸元の刺繍を撫で、由乃はこらえきれないため息をこぼした。

大道具係はお化け屋敷のカラクリのほか、教室全体の装飾も担当していた。

「やばい。急がないと講習はじまっちゃう……！」

大道具の作業は中庭が基本だが、わたしたちは調理室に向かって廊下を疾走していた。

「なんでこういう日に限って倉庫の鍵閉まったままなの！」

お化け屋敷では窓からの光を遮る暗幕が必要不可欠だ。それを借りるつもりだったが、倉庫の鍵を管理する先生は家庭科教諭だった。職員室に行くと食品衛生指導の講習が入っていると教えられ、あわてて追いかけている。

「なんでいちいち先生に鍵もらいにいかないといけないの！」

「倉庫には貴重なものも入ってるし、盗まれたら問題になるからじゃない？」

由乃は冷静に言うが、講習がはじまってしまうと今日の作業に遅れが生じる。調理室は校舎でも一般的なホームルームの教室などとは遠く離れたところに位置し、走らないと間に合わなかった。

「ごめん、ちょっとトイレ」

一学年の水飲み場にさしかかり、我慢していた尿意を思い出す。由乃だけ先に行ってもらおうと思ったが、彼女も一緒に方向転換した。

「──あっ」

水飲み場の死角にいる人に気づき、足が止まった。

女子トイレ側の水飲み場だが、男子の姿があった。水色の上履きは二学年だ。壁に向かって手をついているため、顔が見えない。

長身の身体の向こうに女子の制服が見えた。男子が脚の間に膝を入れて立っているのか、かろうじてそこだけが見える。

乱れたスカートからのぞく白い太ももに、わたしたちは一瞬で悟った。

慌ててきびすを返し、調理室へと走る。由乃と顔を見合わせ、きゃーとか、やばいねとか、そう口走ることで動揺をおさめた。

講習の時間にはぎりぎり間に合い、倉庫の鍵を借りることができた。それを受け取り、体育館裏の倉庫に向かう。とうに急ぐ必要もなくなったはずだが、走る足を止めることができなかった。

「……なんか、すごいの見ちゃったね」

倉庫の鍵を開けて暗幕を探し出したところで、わたしたちはへなへなと崩れ落ちた。

「中学と高校ってやっぱり違うんだね」

高校ではやたらとカップルの姿を見た。休み時間に廊下で話す男女の姿には憧れを抱いてしまう。中学では付き合っていることがばれると冷やかされることが多いため、内緒にしている生徒が多かったように思う。

切らした息を整えた由乃が、暗幕を抱きしめたままぽつりと呟いた。

「……この倉庫も、そういうの多いんだって」

「そうなの？　何で知ってるの？」

「噂だよ。学祭の準備中に、鍵を借りたカップルがここで……」

想像して、頬が熱くなるのを感じる。由乃も同じなのか、顔から湯気が出そうなほど真っ赤になっていた。

誰が聞くわけでもないのに、声を潜めて話してしまう。お互いの息がかかるほど距離を詰め、動揺する気持ちを鎮めようとささやき合う。

「なんで一年の水飲み場にいたんだろう」

「あまり人が通らないからだと思うけど。もし、あのまま誰も近づいてなかったら……」

顔を見合わせ、黄色い声をあげる。ふたりで愛読している少女漫画にそういうシーンがあった。興奮のあまり暗幕を叩くと埃が舞い上がり、それを吸って咳き込んでしまう。

「……私にもいつか、そういう日が来るのかな」

由乃がため息まじりにそう呟く。顔にかかる髪を耳にかけると、薄暗い倉庫の中でその肌がほの白く見えた。

「無理かな。男のひと、こわいし」

自嘲気味に笑い、彼女はスカートについた汚れを払った。そしてわたしに手を伸ばす。

「行こ、葉月」

「うん」

その手をとり、立ち上がる。

「葉月はずっと一緒にいてくれるよね」

歩き出しても手はつないだままだった。太陽がわたしたちの影を作る。ふたり並んで歩く姿は、まるで切り絵のようにそっくりなかたちをしていた。

同じくらいの背丈。同じ長さに切った髪。膝丈で並ぶプリーツスカート。

一緒に買ったシャープペンシル。鞄につけるマスコット。いつもふたりでおそろい。ふたりでひとつ。

わたしはいつも、由乃と一緒。

◯

倉庫で埃をかぶっていた暗幕は、広げてみるところどころに穴が開いていた。

長い月日をかけて使い込まれた生地はあちこち薄くなり、裏地の赤い布が見えているところもある。太陽にかざすと光を通してしまい、それを見てリーダーが落胆の表情を浮かべた。

これではお化け屋敷の暗闇を守ることができない。女子ふたりで暗幕を持ち帰り、家で修理をすることにした。

「……痛っ」

針先で指を刺し、わたしは小さな悲鳴をあげた。

「これじゃ暗幕が血だらけになっちゃうよ」

「大丈夫？　やっぱり衣装係に頼んだほうがよかったかな」

被服室のミシンを使えばあっという間だ。けれど衣装係もたくさんの作業を抱えている。ワッペンをアイロンでのり付けするという手もあったが、それだとよけいな材料費がかかるため手縫いでやると決めたのだった。

暗幕の修理は週末にわたしの家で集まってやることにした。由乃は我が家に遊びに来ることが多く、勝手知ったる様子で足を伸ばす。わたしたちはスカートもトップスも、示し合わせたかのように同じ服だった。

深く刺してしまったのか、血がぷくりと盛り上がる。何度拭っても止まらず、わたしはティッシュで押さえながら立ち上がった。

「絆創膏とってくるね。ついでにトイレ」

「消毒もしたほうがいいよ」

由乃を部屋に残し、わたしは一階のリビングに下りる。お手洗いを済ませると、千彰が台所で冷蔵庫の中をあさっていた。

「葉月、麦茶ってもうないの？」

「朝作ったのは千彰が全部飲んじゃったでしょ。沸かして作れば？」

「暑い日に熱いお茶出してどうするんだよ。しゃあない、コンビニでなにか買ってくるか」

頭をかきむしり、千彰はジーンズのポケットに財布を入れる。偶然にも彼の部屋でも学校祭のメンバーが集まっており、薄い壁越しに賑やかな話し声が聞こえていた。

「コンビニ行くならアイス買ってきてよ」

「はいはい、人使いの荒い妹だな」

ぼやきながら、千彰が玄関に向かう。行儀良く並ぶ靴を見るところ、男女関係なく集まっているらしい。彼がサンダルを履く寸前、インターフォンが鳴ってふたりで飛び上がった。

千彰が玄関を開けると、外の蒸し暑い風とともに明るい声が流れ込む。

「遅くなってごめん。コンビニ寄ってたら時間かかっちゃって」

「ナイスタイミング、陸」

そこにいたのは遠野先輩だった。ペットボトルの入ったレジ袋を手渡され、千彰がにやりと笑う。一緒にやってきた女子もまた、レジ袋の中身を見せた。

「あと、お菓子もいろいろ買ってきたの。みんなで食べよう」

「蓮見(はすみ)まで悪いな」

遠野先輩の隣にいる女子をはじめて見る。彼女はわたしに気づくと、花開くような笑顔を見せた。

「千彰、兄妹いたの？」

「ひとつ下でさ。俺たちと同じ学校だよ」

「お兄さんにそっくりって言われない？」

「……よく言われます」

第一印象で、可愛らしい人だなと思った。葉月ちゃん、と名前を呼ぶ声がやさしく耳に残る。遠野先輩もわたしと千彰を交互に見比べた。

「そのまんまるな目は佐倉(さくら)家のDNAなんだな。お父さん似？　お母さん似？」

「ちょっと陸、じろじろ見すぎ」

袖を引かれ、遠野先輩が小さく舌を出す。蓮見先輩はまるで保護者のように頭を下げた。

「学校祭の打ち合わせでうるさくするかもしれないけど、ごめんね」

「いえ、わたしも友達と作業中だったので」

「そうなの？　じゃあ、これ」

彼女は袋からチョコレートの箱を取り出した。「友達と食べてね」と微笑む姿に、遠野先輩が口を開く。

「それ、一花（いちか）が食べたいって買った新商品じゃん」

「もう、余計なこと言わないでよ」

買ってきたお菓子は大袋ばかりで、手頃なサイズがそれしかなかったらしい。返そうとするわたしに彼女は「気にしないで」と笑い、千彰に連れられ二階へと上がっていった。

学校祭のメンバーが増え、二階の廊下にまで話し声が響いている。隣の自室に戻ると、由乃がせっせと暗幕の修理をすすめていた。

「葉月、指、大丈夫？」

「平気。ごめんね、千彰の部屋うるさいでしょ」

「また人が増えたんだね。賑やかで楽しそう」

暗幕を放り出すところを見ると、同じ作業を続けることに飽きていたのだろう。両腕を上げてうんと伸びをする由乃に、わたしはチョコレートの箱を渡した。

「蓮見先輩にお菓子もらっちゃった」

「これ、食べたかった新商品……！」

「そうなの？　先輩も食べたかったみたいなんだけど、わたしたちにくれたんだ」

「これ、季節限定のフレーバーなの。すぐ売り切れちゃうからなかなか買えないんだよ」

彼女は甘い物に目がない。いそいそと封を開けると、チョコレートは個包装になっていた。ひとつ封を開け、わたしたちはキューブ型のそれを口に含む。

「……チョコミントだ」

「おいしいよね。私、この味好きなんだ」

チョコミントは千彰が嫌いで、わたしも無意識のうちに遠ざけていた味だった。由乃はうっとりと目を細め、その表情を見ていると歯磨き粉のような爽やかさも悪くないと思う。

「もらうだけじゃ悪いし、なにかお返ししようか」

わたしたちもおやつを用意していた。それを手頃な袋にかき集めると、由乃は立ち上がって凝り固まった身体をほぐす。彼女は千彰に対して多少免疫があるため、誘うと隣の部屋にもついてくる。

扉をノックすると、中から開けたのは部屋の主だった。

「葉月、なした？」

「これ、さっきのお菓子のお返し」

ただ渡すだけのつもりだったが、扉の間から兄のクラスメイトたちの視線が一斉に注がれる。

「誰？」

「千彰の妹？」

「まじか。めっちゃそっくりじゃん！」

あれよあれよという間に部屋に連れ込まれ、無理やり空けたスペースに座ると先輩たちに取り囲まれた。男子の姿を見て由乃が身構える気配を感じる。

「そっちの子も妹？」

「友達の由乃です」

「え、そっくりだから双子かと思った」

しげしげと見つめられ、由乃がぎこちなく笑顔を作る。髪型から服装まで同じものでそろえると一見双子のように見えるが、その実、顔立ちはまったく異なる。けれど先輩たちはそこまで注視していなかった。

「一年って模擬店なにやる予定なの？」

「わたしたちのクラスはお化け屋敷です」

「ああ、大道具が頑張ってるクラスか。すごいよな、毎日まいにち」

先輩たちはほかのクラスのことをよく見ていた。口々に話す彼らに相槌を打ちながら、わたしは遠野先輩の姿を探す。床には座るところがなく、彼はベッドの上に腰掛けていた。

「あれ？　こないだのジャージの子じゃん」

遠野先輩が気づき、由乃がさらに硬直する。ここでは彼女の男性恐怖症を知る人は少ない。無愛想な子だと勘違いされないようにと、わたしがフォローする前に由乃が動いた。

「──あの」

開口一番、彼女の声が出た。

「ジャージ、ありがとうございました」

「どういたしまして。制服汚れなくてよかったよ」

なんでもない会話だが、彼女にはそれが精一杯だった。逃げるように部屋に戻ってしまい追いかけようとしたが、先輩たちになおも引き留められてしまう。

「せっかくだし学祭の情報交換しようよ。一年生も上の順位狙いたいでしょ？」

学校祭では学年関係なくクラスごとに採点がある。準備では後片付けをちゃんとしているか、みな力を合わせて作業に取り組んでいるか。当日もクラス対抗ミニゲームや授業の課題発表などで採点が行われ、最終日に最も点数の高かったクラスが表彰されるのだ。

といっても、優勝は三学年に決まっている。一学年は最下位にならないようにするので必死だった。

「先輩たちのクラスは何をやるんですか？」

「あたしたちはオネエ喫茶」

部屋の中央に座る、ひときわ目を引く綺麗な先輩が言った。

「お兄さんも女装するから、ぜひ遊びに来てね」

「葉月に言うなよ、井口」

同じ家に住んでいるはずが、千彰とは学校祭の話をしたことがなかった。彼の口ぶりに、わざとその話題を避けていたのだと気づく。

「男子みんな女装するんですか？」

「俺はパス。裏方に徹するわ」

「陸もやりなって。絶対似合うよ」

井口先輩に言われ、遠野先輩が「やだね」とそっぽを向く。その隣には蓮見先輩が座り、お返しの袋の中に先ほどのチョコレートが入っていることに気づいて瞳を輝かせた。

「なにそれ、おいしそう」

蓮見先輩が食べるよりも早く、遠野先輩が彼女の指先から食べてしまう。

「ちょっと、陸！」

「ごめんごめん。そんなに食べたいならおいしいんだろうと思って」

唇の端についたココアパウダーを拭い、彼が笑う。けれどすぐにその表情が変わった。

「……チョコミントじゃん。俺、これ苦手」

「ちょっと、今ので最後の一個だったんだけど……やめて、食べかけなんていらないから！」

ふたりの距離感が近く、わたしは見ているだけで顔が赤くなってしまう。けれどまわりは慣れているのか、千彰が「お前たち本当は付き合ってるだろ」と野次を飛ばす。

これが高校生の余裕なのだろう。なぜか、水飲み場のふたりを思い出す自分がいた。


一日では終わらないと思っていた暗幕の修理が、由乃の頑張りで夜には終了した。

先輩たちから解放され部屋に戻ると、彼女は猛烈な勢いで暗幕に針を走らせていた。話しかけても空返事ばかりで、休憩もせず延々と手を動かし続けた。

やがて作業が終わり、埃まみれの身体をお風呂で洗い流すと、どっと疲れが出たのかそのまま布団の上で力尽きてしまった。

由乃は頻繁に我が家に泊まっている。彼女の母は介護の仕事をしており、夜勤の日は娘がひとりでいるよりも友人の家に泊まっていたほうが安心するらしい。由乃専用のパジャマはおそろいで買ったもので、来客用の布団カバーも同じ。彼女の規則正しい寝息を聞きながら、わたしは部屋の電気を消してリビングに降りた。

「あれ？　由乃は？」

「寝ちゃった。ずっと細かい作業して疲れたみたい」

「隣がうるさくて気を張っちゃったのかな。でも、集まれるのがうちしかなかったんだよ」

お風呂上がりの千彰が、ソファーに寝そべりスマートフォンをいじっている。わたしが冷蔵庫からアイスを取り出すと無言で手を出され、半分に切り離してソファーの隙間に座った。

「今日のって、やっぱりおれたちにびっくりして逃げちゃったのかな？」

「たぶんね。でも、由乃もあれをどうにかしたいって思ってるんだから、わたしたちは見守るしかないよ」

千彰は由乃の男性恐怖症を知っている。わたしたちは彼女の両親が物心つく前に離婚してしまったことも、父親という存在が身近に居なかったせいで余計に恐怖心を感じていることも、由乃の話の端々から察していた。

「男が怖いけど、嫌いってわけじゃないんだもんな。後夜祭のキャンプファイヤーなんて一番盛り上がるときなのに、それを楽しめないのはかわいそうだよ」

模擬店や部活発表などさまざまな催しのある学校祭の締めくくりは、校庭の中央に組まれる大きなキャンプファイヤーだった。代々受け継がれている伝統は今でも人気があり、そこで多くのカップルが誕生しているらしい。学校祭の準備をするうちに距離が縮まり、後夜祭で告白して成就するのが王道のパターンだ。

「千彰はそういうの、ないの？」

「ないなー。今年のおれは女装したまま野郎どもでマイムマイム踊るんだと思う」

野太い雄叫びをあげながら踊る姿が難なく想像でき、思わず笑ってしまう。

「由乃、女の格好したおれならどうだろう？　リハビリにならない？」

「絶対無理。逆に逃げ出すと思う」

チューブ型のアイスを吸いながら、千彰は熱心にスマートフォンをいじっている。どうやらグループトークで打ち合わせが続いているらしい。

「葉月の服っておれも着れると思う？」

「やめて。絶対破れるから」

いくら年子とはいえ、性別の異なるわたしと千彰では体格からして違う。彼もそれをわかっており「だよな」とうなずいた。

「井口が衣装係なんだけど、女子の服を普通に着るんじゃ違和感があるみたいなんだよ。学祭前に化粧も全部練習するって」

部屋でもひときわ目を引いた井口先輩は、普段の会話でもたびたび登場する千彰の友達だ。恋人ではないかと思っていたのだが、キャンプファイヤーの話を聞く限り、そういう関係ではないらしい。

「エクステだのウィッグだのいろいろ探してるみたい。予算じゃ足が出るから自分で用意するって、安いものじゃないのに……」

井口先輩の明るい髪の色が印象に残っていた。服装から髪型まで一切の妥協を許さない、そんな意志を感じるような綺麗な人だった。彼女が手掛ける女装なら、我が兄もそれなりの姿にしてもらえるかもしれない。

アイスを食べ終え、わたしは歯を磨きに行こうと立ち上がる。画面ばかりを見ていた兄が、ソファーの振動を感じて視線を上げた。

「葉月、由乃が来ると絶対そのパジャマ着るよな」

「いいでしょ別に、おそろいなんだから」

お泊まりのときに着るのは桜色のパジャマだ。コットンの肌触りがやわらかく、毎日着たいと思うほどお気に入りだが、袖を通すのは由乃がいるときだけ。それを見上げ、千彰が唇をとがらせる。

「学校でも、たまに間違って由乃に声かけちゃうんだよ。怯えられるとけっこう凹むんだからな」

肉親までもが見間違えるほど、わたしたちはそっくりらしい。兄は苦情を言っているつもりだが、それはわたしにとって最大の褒め言葉だった。

「いつもふたりでおそろいの格好してるけど、おれ、双子コーデってよくわかんないわ」

グループトークが盛り上がっているのか、千彰はそれ以上何も言わなくなった。

歯磨きを終え、わたしも部屋に戻る。静かにドアを開けたつもりだが、由乃がもぞもぞと動くのが見えた。

「……ごめん、寝ちゃってた」

「いいよ。ひとりで頑張って疲れたんだろうし、もう寝よ」

部屋の明かりを消したまま、わたしもベッドに潜り込む。けれど由乃は目が覚めてしまったのか、身体を起こすとわたしの顔をのぞき込んだ。

「ねえ、葉月」

「なあに？」

「今日の私、不自然じゃなかったかな？」

隣の部屋でのことを気にしていたのだろう。わたしは千彰が心配していたことをそのまま伝えた。

「やっぱり変だったよね。なんか緊張しちゃって」

「そんなことないよ。みんな、由乃のこと可愛いって褒めてたし」

「……遠野先輩に、変な子だって思われちゃったかも」

借りたジャージのお礼は、傍目から見れば普通の光景だ。けれどわたしは知っている。彼女がどれほどの勇気を振り絞って遠野先輩に話しかけたのかを。

「千彰くんって、遠野先輩と仲いいのかな？」

「同じクラスだし、さっきも学祭のことで連絡してたみたいだけど」

「……学校祭で教室に行けば、先輩に会えるかも」

ベッドのシーツを指先でいじり、由乃が独りごちる。うつむくと声がよく聞こえず、耳を近づけると急に顔を上げた。

「あのね、葉月」

息がかかるほどの距離に彼女の顔があった。

「私、遠野先輩なら大丈夫かもしれない」

暗闇でもわかるその瞳の輝き。吸い込まれるように、わたしはそれを見つめた。

「怖いけど、怖くないの。男の人でそう思ったの、はじめて」

由乃の男性恐怖症の本当の原因を、わたしは知っている。

「なんでだろう、年上だから？　高校生だから？　あのころの男子たちとは全然違う……」

彼女は子どものころからいじめに遭っていた。

もともと、染井由乃という名前をからかわれることが多かったらしい。けれどそれは、両親が離婚し母の旧姓に戻ったが故の不可抗力だ。理由を知るとたいていの人は気を遣って何も言わなくなったらしい。

けれど中学にあがると、違う学区だった男子から嫌がらせを受けるようになった。女子たちはそれに巻き込まれたくないがために無視をするようになり、次第に孤立していったという。彼女が中途半端な時期に転校してきたのは、母親が男性を前にすると硬直する娘の異変に気づいたからだったらしい。

幸い、わたしたちの学校では由乃に対するいじめは起きなかった。けれど、ひどい虐げを受けた彼女は人間関係の築き方を忘れてしまったらしく、みんなとはすこしずれた不思議ちゃんになってしまった感は否めない。けれどそれはあくまでも由乃の個性だ。

少女漫画を好んで読む彼女は、わたしにそれを貸してくれることがよくあった。その感想を語り合い、いつか自分も漫画のような恋がしたいと言っていた。猛勉強の末に合格した高校で、彼女もその憧れを胸に抱いていたに違いない。

「遠野先輩のこと、好きなの？」

薄暗い視界のなか、彼女の顔が赤く染まったのが見えた。

「……まだ、わかんない。やっぱり怖いと思うし、顔を見ると心臓がばくばくする」

それは恋ゆえのときめきではないだろうか。しかし彼女は、その気持ちを自覚できていないようだった。

「学校祭で、先輩のクラスに行ってみたい。葉月、一緒に行ってくれる？」

彼女が好きな本は、わたしもすぐに好きになった。兄の影響で少年漫画ばかり読んでいたが、あんなに繊細で心動かされる物語があるとは思わなかった。

由乃にその気持ちが芽生えたというのなら、わたしもそれを分かち合いたいと思う。

「いいよ。千彰から食券もらってあげる」

「ありがとう、葉月！」

満面の笑みとともに、彼女から歯磨き粉の香りが届く。それは昼間のチョコミントと同じだった。

いつも同じ髪型をして、おそろいの服を着て、学校でもずっと一緒。同じ本を読んで同じお菓子を食べて、漫画もチョコミントの味も好きになった。

ならばわたしも、由乃と同じように遠野先輩を好きになるのだろうか。

○

学校祭の前日は授業がすべて作業時間になり、一日をかけて校舎を飾り付け非日常空間へと変えていった。

衣装係や小道具係はラストスパートで作業にかかりっきりで、教室の配置は大道具係が総出で行った。時間をかけて作ったカラクリのほか、教室の机や椅子も余すことなく使う。いつも授業を受けている教室が変わっていく様を見ていると胸が躍ると同時に、この準備の日々も今日で終わってしまうのかと思うとすこしの切なさがあった。

リーダーが指揮をとりながら、お化け屋敷の舞台が組まれていく。助手としてベニヤ板を渡していると、ふいに彼が口を開いた。

「……染井、体調大丈夫そうか？」

「大丈夫だよ。学祭の準備頑張ってたから、疲れが出ちゃったんだと思う」

大道具が続々完成するとペンキ塗りが忙しくなった。絵の上手な由乃が大活躍したが、いざ飾りつけの段になったとき、彼女の足取りがやけにふらふらしていることに気づいた。

「染井はなんでもハイハイって言うこと聞くから、俺もいろいろ頼んじゃったしさ。悪いことしたかな」

　由乃は発熱して保健室で休んでいる。リーダーはしきりに心配しているが、付き添ったわたしは彼女の容体を把握していた。

「微熱だったし、今日ゆっくり休めば大丈夫って先生が言ってたから」

　大道具係は仕掛けを作って終了ではない。男子はカラクリを動かす仕事に専念するが、わたしと由乃はお化けの格好をして裏方に合図する役目を任命された。

「リーダー、誰か知り合い来る？　みんな家族とか友達とか呼んでるらしいね」

　我が家は女装を控えた千彰の断固拒否により、家族は誰も来ないことになっている。由乃の母も仕事が入っているため、学校祭当日はふたりでまわろうと約束していた。

「俺は中学の部活仲間が来る予定」

「リーダーの中学ってどこだっけ？」

　何気ないわたしの問いに、彼は一瞬返事に詰まる。

　そしてその唇が告げたのは、由乃が転校する前の学校だった。

「……染井は気づいてないと思うけどな。クラスも違ったし、顔を合わせて話したこともないしさ」

「なんで教えてくれなかったの？」

「本人も嫌なこと思い出したくないだろ。違うクラスの俺たちにも有名だったんだよ、染井のことはさ」

由乃は多くを語らなかったが、いじめの様子は動画で撮影され、クラスのグループトークでも流れていたらしい。それはほかの生徒にも拡散され、彼の目にも入っていたそうだ。同じ学校なら顔を合わせる機会もたくさんあったはずだが、リーダー曰く、中学時代の由乃はいつも下を向いて人の顔を見ようとしなかったらしい。

「高校で再会して、中学の頃と雰囲気が違ってて驚いたよ。転校先ではうまくやってたんだな」

彼の目がちらりと視線を向ける。

「染井が俺たちと話せないのって、中学のいじめのせいだよな。でも最近は話しかけても逃げなくなったから、すこしずつ良くなってるってことなのかな」

彼の指摘通り、由乃は学校祭の準備期間で変化が見受けられるようになった。はじめは指示待ちだった作業にも積極的に参加するようになり、男子に頼みたいことがあると顔を真っ赤にしながら呼びかけるまでに成長したのだ。

あまり積極的でなかった中庭での作業も、楽しそうに参加するようになった。その理由をわたしは知っている。

遠野先輩の姿があったからだ。

千彰の部屋での一件以来、遠野先輩はわたしたちの顔を覚えたらしい。中庭で作業していると挨拶をしてくれるようになった。ときには由乃の作業を間近で見るようになり、彼女の描く絵を見て人を呼ぶこともあった。

『倫太郎、ちょっとこっち来いよ！』

彼が渡り廊下を歩いているところを呼び止めたのは、二年A組の担任である筧倫太郎先生だった。

『倫太郎、こういう絵好きじゃん！』

現国の筧先生は一学年の授業も担当しているため、由乃も彼の登場におびえることはなかった。

『……へえ、上手だね』

筧先生はまだ若く、作業光景をのぞき込む表情には幼さが残っている。遠野先輩が敬語を使わないことを注意しないところを見ると、彼のクラスではこれが普通なのだろう。

由乃が描いているのは幽霊の絵姿だった。白い着物と黒い乱れ髪が日本画を思い起こさせる。筧先生はそれをしげしげと眺め、垂れ気味の目を細めた。

『モデルは番町皿屋敷かな？』

由乃はふるえる手で筆を動かし続ける。それは恐怖ではなく、遠野先輩の視線に緊張しているためだ。彼はほかのクラスメイトも呼び、あっという間に人が集まった。

『番町皿屋敷って、お岩さんが皿を数えるやつ？　一枚、二枚……一枚足りないって』

『え？　目のところに痣みたいなのがあるのがお岩さんだろ？』

『なんでお岩さんが皿数えてたんだっけ？』

口々に言う男子生徒に、寛先生が小さくため息をついた。

『お岩さんは四谷怪談。番町皿屋敷はお菊さんだよ』

『さすが倫太郎』

四谷怪談も番町皿屋敷も女性の幽霊が出てくることで有名だ。真っ黒に塗りつぶしたベニヤ板に浮かび上がる女性は異様な存在感を放っている。余計な彩色はせず白黒だけで仕上げているのだが、それが画面をいっそうおどろおどろしく見せているようだった。

『学校祭が終わったら美術部に入らない？　そんなに上手に描けるなんてうらやましいよ』

寛先生は美術部の顧問をしている。しきりに感心する彼に、遠野先輩が肩をすくめた。

『倫太郎は画伯だもんな』

『僕は肩書きだけの顧問だからね。でも、月に何度か美術の先生が指導に入るし、先輩たちも上手だからいろいろ教えてくれるよ』

由乃もわたしも部活には入っていない。文武両道を掲げる校則のため部活動に入ることを推奨されているが、由乃はその人間関係に男性がいることを恐れ帰宅部のままだ。浮かない表情をした彼女は、筆を握る手を止めた。

『私、人見知りなので……』

か細い声で呟く彼女に、遠野先輩があっけらかんとした様子で言う。

『千彰も美術部だし、知ってる人がいれば緊張しないんじゃない？』

『千彰くんが？』

由乃が関わることのできる数少ない男性、千彰。彼女の事情を知っている彼ならば部活で何か起きてもフォローできるかもしれない。

『いいんじゃない、由乃。学校祭終わったら見学行ってみようよ』

『葉月も一緒に行ってくれる？』

わたしがうなずくと、由乃はほっとしたように頬を緩めた。学校での交友関係を広げるのは彼女にとっても良いことに違いない。

『じゃあ、今のうちにふたりの名前を聞いておこうかな。一年生の……？』

『染井由乃です』

『佐倉葉月です』

あらためて名前を名乗ったわたしたちに、筧先生がくすりと笑った。

『ふたり仲良くなるべくしてなったような名前だね』

わたしたちの共通点が桜であるのはわかっている。だからおそろいのものは桜色を選ぶことが多かった。

『ソメイヨシノとエゾヤマザクラ、ぴったりじゃないか』

『……え？』

わたしの「さくら」は苗字の佐倉だ。どこからその桜が出てきたのだろう。

『先に花だけを咲かせるソメイヨシノと違って、エゾヤマザクラは花と葉をいっぺんにつけるんだよ。ふたりはそっくりなようでいて、でもそれぞれ違った桜なんだね』

この学校の校庭で咲くのはエゾヤマザクラだ。毎年見ているはずの桜だが、花と葉を一緒につけるなど気にしたこともなかった。わたしたちにはそれが当たり前の世界だった。

ふと、中学の担任を思い出す。彼女もまた国語の教師であり、由乃の案内係にわたしを指名したのはただの偶然ではなかったのかもしれない。

筧先生は『美術室で待ってるからね』と言ったが、由乃と見学に行けばわたしも入部希望だと思われるだろう。

兄と違い、わたしは絵が得意ではない。興味のない部活に入っても卒業まで続けられるかわからない。けれど由乃はわたしが一緒でなければ入部しないだろう。

リーダーの手伝いを終え、わたしはひとり保健室に向かっていた。

ドアをノックして中に入っても、先生の姿がない。学校祭前はみんな忙しいのだろう。わたしは窓際のベッドに近づいた。

「由乃、大丈夫？」

ほかのベッドは空いているが、自然と小声になってしまうのが保健室だ。カーテンを開けると、由乃は静かな寝息をたてていた。

顔色がいくぶん良くなったようだ。起こさないように息を潜め、その寝顔を見つめる。

『……佐倉さ、後夜祭も染井と一緒にいる予定？』

教室の作業が終わる寸前、リーダーの質問にわたしは首を縦に振った。

模擬店は由乃と一緒にまわるが、後夜祭はとくに約束はしていない。しかし、暗黙の了解で一緒にいるだろう。

『もしよかったらさ、大道具のみんなで集まろうよ。打ち上げみたいにしてさ。後夜祭じゃなくても、夏休みでもいいし……』

そう言うリーダーの耳が赤くなっていたことに、わたしは気づかないふりをした。

もし、由乃が後夜祭で遠野先輩に会いたいと言ったらどうしよう。

わたしには手伝う方法がいくらでもある。千彰に頼めば簡単だろう。遠野先輩もわたしたちを邪険にすることはないはずだ。

由乃とわたしは一心同体。彼女の好きなものはわたしも好きになる。

由乃が好きな遠野先輩を、わたしも好きになるのだろうか。

けれど。

「……由乃」

呼びかけても声は届いていない。喃語のような寝言をこぼすその唇に、わたしはそっと口づけをした。

わたしが好きなのは、由乃だ。

○

むかえた学校祭当日。どこか子どもじみていた中学とは違う、高校という自由な雰囲気に、わたしたち一学年は圧倒されるばかりだった。

学校祭は二日間の日程で開催されるが、初日は開会式と部活動発表やバンド演奏などで、学校内の生徒のみが参加する。翌二日目になると一般開放となり、模擬店を目当てに続々と外部の人が訪れる。学校によっては不審者対策として入場券が必要なところもあるが、わたしたちの学校は誰もが自由に出入りすることができた。

一年C組のお化け屋敷は最初、お客さんが少なかった。学校祭のお化け屋敷のクオリティなどたかが知れている。そう嘲笑する生徒が多かったが、中に入ってしばらくすると絶叫が廊下にまで響き渡った。憔悴(しょうすい)しきった顔をして出てくるのを見てほかの生徒たちも興味を示すようになり、いつのまにか廊下に行列ができるほどになっていた。

修理した暗幕と、隙間という隙間に目張りしたおかげで教室の中は暗闇が保たれた。お客さんはライトを持つこともできず、おどろおどろしいBGMが流れる教室の中をわずかな間接照明を頼りに歩く。はじめは水鉄砲やこんにゃくなど子どもだましの仕掛けで油断をするが、進めば進むほど大道具係の努力の結晶であるカラクリが活躍しはじめるのだ。

わたしと由乃は交代でお化け屋敷に入り、お客さんが近づくと仕掛けの後ろに控える男子に合図をする。誰もいなかったはずの背後から突然現れるお化け。不意を突かれ上がる悲鳴。急ぎ足になるところで突如ライトアップされるのは由乃の傑作である日本画の幽霊。一瞬怯(ひる)むも、絵だと思って安堵した瞬間、仕掛けが回転して頭上から本物の幽霊が現れる。

お化け屋敷はほかの客同士が出会うと怖さが半減してしまうため、わたしは出口付近で人数の調整を任されていた。何度も悲鳴をあげて憔悴しきったお客さんは、ようやく見えてきた出口の扉にほっと表情を緩めるのだが、最後に「おつかれさまでした」と声をかけると必ずと言っていいほど悲鳴をあげられてしまうのだった。

「――うわああああああああ！」

こうも間近で叫ばれては鼓膜が痛い。出口にたどりついたふたり組は、絶叫した男子が女子にしがみついていた。

「……遠野先輩？」

暗闇に慣れたわたしはそれが誰なのかすぐにわかった。遠野先輩と、一緒にいたのは蓮見先輩だ。ふたりもすぐに気づいたのか、彼は何もなかったようなそぶりを見せる。

「一花、怖がりすぎだろ」

「ずっと叫んでたのは陸じゃない」

必死に取り繕う彼を、蓮見先輩が容赦なく切り捨てた。次のお客さんが出てくるまですこし時間がある。ふたりと一緒に外に出ると、廊下の明るさに目がくらんだ。

「来てくれてありがとうございます。千彰がたくさんチケット買ってくれたから、会えたらいいなって思ってたんです」

「めちゃくちゃ怖かった。学祭だと思って舐めてたわ」

遠野先輩は額にびっしょりと汗をかいていた。由乃を呼びたいが、彼女は教室の奥で合図の係の真っ最中だ。

「わたしたちももうすぐ当番が終わるので、あとで由乃と行きますね」

「そのころはきっと俺たちが店にいる番だわ。千彰もいま準備中だから、兄ちゃんの活躍楽しみにしといて」

「先輩は女装しないんですか？」

千彰の当番は午後からだと言っていたが、着替えや化粧で時間がかかるらしい。先輩はふたりとも白シャツに黒いパンツとシンプルな出で立ちをしていた。

「俺のぶんの衣装も作ってたみたいだけどな。この服のほうが落ち着くんだよ」

「残念。遠野先輩の女装見てみたかった」

中性的な顔立ちをした彼なら、多少上背があっても綺麗な女性に化けるだろう。彼はあいまいな笑みを浮かべたが、教室の中から轟(とどろ)く悲鳴に小さく口笛を吹いた。

「すごい盛り上がってるな。じゃあ、あとで。ドリンク一杯サービスするから」

「ありがとうございます」

仲良く立ち去るふたりを見送り、わたしは入り口の様子をうかがう。叫び声を聞いてニヤニヤと笑う男子は、いま中にいるお客さんと連れだって来たらしい。入場は一度に三人までと決まっているため、二組に分かれることになったのだろう。

わたしは扉をくぐって出口付近に潜む。だんだんと近づいてくる悲鳴に、お客さんがどの仕掛けにいるか難なく想像できた。きっといまごろ、由乃が描いた幽霊画のあたりだろう。

「きゃあああああああああ！」

絹を裂くような悲鳴があがり、ばたばたと駆け出す足音が聞こえた。

グループに女子もまじっていたのだろうか。出口係はお客さんがまぶしさで転んでしまわないように守る役目もある。一目散にかけてくる足音に、「大丈夫ですよ」と声をかける。

なおも叫び続ける女子は、わたしを押しのけて教室から飛び出していった。

その衝撃でセットにぶつかってしまい、足場の机が崩れそうになる。セット裏に潜んでいたリーダーがそれに気づいてすんでのところで押さえた。

「佐倉、大丈夫か」

転んだ拍子に暗幕が外れてしまった。外の明かりが差し込み、緊迫した表情を浮かべるリーダーが見えた。

「……いまの、由乃だった」

わたしを突き飛ばした女子は、白い浴衣を着ていた。

事態を呑み込めずにいると、出口にやってきたグループがまた悲鳴をあげる。けれど中途半端な明るさでは恐怖もすぐに薄れたようだ。

「なんだ、部長、こんなところにいたのか」

男子グループはリーダーに親しげに話しかける。どうやら、先日話していた中学の部活仲間だったらしい。

「部長ひとりで違う高校行ったから、みんな集めて遊びに来たんだよ」

「なあ、さっき中にいたの染井じゃなかった？」

ひとりの男子が由乃の名前を呼ぶと、リーダーの顔が青ざめた。

「お化け役が悲鳴あげて逃げるって意味不明。部長、なんで染井と同じ高校だって言わなかったんだよ」

その嘲笑に、わたしは一瞬で理解した。

この男子たちが、中学時代に由乃をいじめた者なのだろう。

ずっと教室で待機していた由乃は、目が暗闇に慣れていた。裏方に合図を出す係だった彼女は客の姿をはっきりと確認する。そのときに、かつて自分にひどい仕打ちをした顔を見つけて悲鳴をあげたのだ。

「――由乃！」

わたしは慌てて彼女を追いかけた。

混雑した廊下の先、すでに由乃の姿はなかった。廊下を走るお化け姿のわたしを見て、一般の人たちがぎょっと目を剝くのを感じる。

混乱した頭ではまっすぐ走るしかできないだろう。彼女の姿を探すうち、二学年のエリアに入ってしまった。怪訝そうな視線を向ける先輩たちが怖かったが、ふたたび悲鳴が聞こえてわたしは必死に駆け抜ける。

「――由乃、どうしたんだ？」

廊下の突き当たりにあるのは二年A組だ。悲鳴の向こうから聞き慣れた声が届いた。

「おれだ、千彰だよ」

千彰が暴れる由乃をとどめていた。振り回す両手を摑んでなだめようとするが、それが余計に彼女をパニックに陥れている。準備の途中だったのか、深紅のドレス姿に中途半端な化粧だった。

廊下に人だかりができている。先生を呼びに行くべきか、その逡巡の間に、人混みをかき分ける長身が見えた。

由乃が渾身の力で千彰を振りほどく。彼女自身も何が何だかわからなくなっているようだ。ぐしゃぐしゃと頭を掻き、その顔に自らの爪を突き立てる。

「由乃ちゃん！」

かきむしろうとした手を摑んだのは遠野先輩だった。

ややあってから蓮見先輩が到着した。いつのまにかふたりとすれ違っていたらしい。浴衣の裾がはだけるのもかまわず走るわたしの異変に気づき、追いかけてきたのだろう。

「由乃！」

わたしは由乃を抱きしめた。全力で走った心臓がばくばくと拍動する。けれどそれ以上に、由乃が苦しそうに喘いでいる。

「大丈夫だよ、由乃。大丈夫」

息がうまく吸えていないようだ。背中を撫でながら声をかけると、彼女はそのまま気を失ってしまった。

騒ぎを聞きつけた先生たちが事態をおさめ、由乃は保健室に運ばれた。養護の先生が常駐していたため適切な処置がなされ、付き添おうとしたわたしも「ここは大丈夫だから、係に戻りなさい」と追い返されてしまった。

セットの崩れたお化け屋敷は一時的に休みとなり、修理のタイミングで午後の部と交代になった。わたしは由乃のところに戻ろうとしたが、リーダーとともに二年生に呼び出されてしまった。

騒ぎを起こしたことを怒られるのだろうか。びくびくしながら連れていかれた先は二年A組だった。呼びに来たのは千彰のクラスメイトだったのだ。

カーテンを閉めた教室は薄暗い。そこにどピンクの照明が輝き、間接照明はネオンのような極彩色を放っている。高校生には似つかわしくない夜の雰囲気のなか、奥の席に千彰が座っていた。

「葉月、こっちにきて」

身支度を調えた千彰は完璧な姿に仕上がっていた。ウィッグは豊かに波打ち、長い前髪からのぞく瞳にはしっかりとアイメイクがほどこされている。それは女性が普段するようなものではなく、まるで舞台の上でするような目鼻立ちを際立たせる化粧だった。

ドレスの色に合わせた深紅の口紅はハリウッド女優のように分厚く塗られているが、大きな目をした千彰にはそれぐらいの濃さが良い。深いスリットの入ったスカートで足を組むと脚線美があらわになったが、それは完璧に除毛されていた。

店内を見渡せば、女装した男子はどれもどぎつい化粧と衣装を着ていた。筋肉質な身体をわざと見せている者や、ウィッグではなくもとの短髪のままの者もいる。

「……すごいね、千彰」

思わず本音をこぼしたわたしに、千彰は真っ赤な唇を弓なりに曲げた。

「普通の女装じゃなくて、ドラァグ・クイーンになることにしたの。似合うでしょ？」

声色まで変えて話している。身内が来ないとわかっているからこそ、彼も開き直っているのだろう。何度も練習したのか、その色っぽい仕草は実になめらかだ。

「この子たちったらすぐに帰ろうとするんだもの。アタシたちでおもてなししてあげてたの」

奥のテーブルに座っていたのは、リーダーの中学の友人グループだった。彼らはあの騒ぎを面白がって見物し、中には写真を撮っていた者もいたらしい。教師が駆けつけると逃げようとしたが、それを千彰たちが捕まえたのだ。

彼らのテーブルには華やかなクイーンがずらりと並んでいた。遠野先輩は黒いスーツ姿で、ネクタイを締めオールバックにすると威圧感がある。友人グループは青ざめた顔で縮こまっていた。

「せっかく来たんだからなにか頼んでいきなさいよ。大丈夫、こう見えてドリンクは全部ノンアルコールだから」

「それとも坊やたちはあまーいホットミルクのほうが良いかしら？」

「ショーの時間もあるから、ゆーっくり楽しんでいってね」

先輩たちはみなノリノリだ。ひとつ学年が違うだけのはずだが、友人グループが小さな子どもに見える。遠野先輩はわたしの着崩れた浴衣に気づくと、脱いだジャケットを羽織らせどこかへと消えていった。

「それで？　坊やたちは由乃ちゃんとどういう関係なわけ？」

「……別に、中学が一緒だっただけです。ていうか、俺ら染井に会いに来たんじゃなくて、中学の部活仲間に会いに来たっていうか」

「そもそもこいつらは呼ばれてないのに勝手についてきたんだよ」

早くもグループで仲間割れがはじまっている。子犬の喧嘩のようにぎゃんぎゃん騒いでいたが、千彰のひとにらみでおとなしくなった。

「まあ、本当に関係ない子たちはかわいそうだし帰してあげようかしら？」

千彰に促され、リーダーが招待した友人たちを帰した。去り際に「悪い」「まじでごめん」と声をかけられ、彼は無言でうなずく。由乃の事情を知っているリーダーは、かつて彼女をいじめていた生徒を決して招待しなかったはずだ。

残った男子は三人、由乃と遭遇したグループだった。人だかりのなかで写真を撮っていたのも彼ららしい。

「まずは、さっきの写真を消してもらえるかしら？」

「撮ってません」

「嘘ついてんじゃねえよ」

どすの利いた声に、男子たちは怯えながらスマートフォンを見せた。

そこにはわたしに抱きかかえられた由乃の姿がうつっていた。浴衣がはだけ、むき出しになった脚。胸元からは下着が見えそうになっている。何度もシャッターを押したのか、カメラロールは似たような写真でいっぱいだった。

「ネットにあげたりしてないでしょうね？」

「やってません」

「グループトークはどうなのよ」

「送ってません」

千彰ら先輩たちが男子のスマートフォンを調べはじめる。早めに取り押さえられたため、画像は流出を免れたようだ。写真が次々削除されていくなか、千彰が険しい顔をして動画を再生した。

廊下に響き渡る由乃の悲鳴。懸命に呼びかけるわたしの声。それを撮影する人の笑い声もしっかりと残されている。

それで確信した。この男子が由乃をいじめた主犯格だったのだ。

「写真消したならもう帰っていいですよね」

彼は悪びれることなく、ふてぶてしい態度をとっていた。

「どうせ学校も違うんだし、もう会うこともありませんよ。それでいいでしょ？」

動画の笑い声が鋭く耳に残る。その嘲笑を聞くだけで、由乃がいままでどんな目に遭っていたのか容易に想像できた。

「……どうして由乃のことをいじめたの」

「別に、ただの暇つぶし」

彼はひょうひょうとした口調で返した。やがてドリンクをトレイに載せた遠野先輩が戻り、音も立てずに水の入ったグラスを置く。彼は千彰たちの席に戻ると口を開いた。

「いまは昔と違っていじめた側もそれなりに罰を受けるようになったはずだけど、そういうのは考えなかったの？」

「別に、俺がいじめたところでどうせ親は何も言わないし」

「どうしてそう思うわけ？」

感情を出さず淡々と問う遠野先輩に、彼は大きなため息をつく。

「だって俺たち、きょうだいだもん」

「……は？」

思わず、わたしの口から声が出た。

「いわゆる、腹違いのきょうだいってやつ。お互い母親の血が濃いのか全然似てないけど、父親は間違いなく同じだよ」

突然の告白に、わたしたちはおろか友人までもが絶句していた。彼はつとめてひょうひょうとした口調で話しているが、テーブルの下ではしきりに貧乏ゆすりを繰り返している。

「ま、染井は何も知らないみたいだけど。中学のクラス名簿を見た父さんがさ、夜中に母さんと話してたのを聞いたんだよ。俺、ずっと、父さんが再婚だって知らなかったし」

「……それがどうして、由乃をいじめたことにつながるの？」

「だって俺、被害者じゃん？　父親がバツイチだって知ってショックだったし。しかも血のつながったきょうだいがいるのをずっと隠されてたなんて、むかついて当然だろ」

リーダーが小さな声で彼の名前を呼んだ。その苗字はどこにでもいるありふれたものだ。由乃の母が相手の子どもの名前を知らなかったのであれば、同じく名簿を見たとしても気づくことは難しかっただろう。

事実を知らない由乃は、理由もわからないままむごいいじめを受けていた。男性を前にすると恐怖で声が出なくなるほど、そして今も顔を見ればパニックを起こしてしまうほどのトラウマを植え付けられたのだ。

「染井が転校したあと学校に呼び出されたけど、父さんは何も言わなかったよ。うちではもう、あいつの存在はなかったことになってるんだ。もうそれでいいじゃん」

反省の色がまったく見えない彼に、わたしは何も言うことができなかった。

由乃はきょうだいの存在に憧れていた。わたしと千彰の関係を見て、自分にも兄や弟がいれば何か変わっていただろうかとうらやましがっていた。

けれど彼女を虐げていた者こそが、あれほど望んでいたはずの、血のつながったきょうだいだったのだ。

誰もが言葉を失い、彼は勝ち誇ったような表情を浮かべた。

「……そう。本当のことを話してくれてありがとう」

長い沈黙のあと、口を開いたのは遠野先輩だった。

先輩はスマートフォンを返す。彼が受け取ろうと手を伸ばす寸前、指から離してグラスの中に落とした。

男子が小さく声をあげる。あわててスマートフォンを救い出そうとするその胸ぐらを、先輩が掴んで引き寄せた。

「被害者だって？　笑わせないでよ」

その静かな声に、彼は青ざめながらも遠野先輩を睨み上げる。

「あんたが怒るべき相手は父親でしょう。由乃は関係ないわ」

「あいつは何も知らないままのうのうと学校に通ってたんだ」

「それが嫌なら真実を伝えればよかった。でもそれをしなかったのは、自分が一番、由乃に引け目を感じていたからでしょう？」

彼は黒服役のはずだが、なぜか女性のような話し方をする。この店の異質な空気が、先輩にも影響しているのかもしれない。

由乃と彼が同学年になるということは、妊娠の時期を含め重なっている部分が多いということ。父親のしたことは世間で後ろ指をさされてもおかしくない。

子どもに罪はない。けれど彼は、自分が浮気相手の子どもだという事実から逃れることはできない。そのすべてを察した上で、遠野先輩は耳元に唇を寄せてささやいた。

「自分がいじめられるのが怖くて、それで由乃をいじめたのよね？」

蒼白だった彼の顔面が、見る間に赤く染まる。

「弱い男」

先輩が手を離すと、彼は崩れ落ちるように床に座り込んだ。

由乃。わたしは心の中で彼女を呼ぶ。

「早く帰ってママのおっぱいでも吸ってなさい」

先輩はいままで見たこともないほど冷たい瞳をしていた。

由乃。あなたの好きな人が、あなたのことを助けてくれたよ。

〇

わたしたちの小さな事件を知る人は少なく、学校祭は無事に後夜祭を迎えた。

保健室の窓際のベッドからはキャンプファイヤーの様子がよく見える。由乃はわたしとリーダーの話を聞きながらも、返事はせずに校庭の様子を眺めていた。

「……俺が中学のやつらを誘わなければよかったんだ。ごめんな」

「リーダーは悪くないよ」

「そもそも、同じ中学だったことを黙っていたのもいけなかったんだよな。本当にごめん」

「何も悪くない。謝らなくていいんだよ」

その押し問答にも由乃は反応しない。体調は回復したようだが、はじめての学校祭が最悪な思い出になってしまった。それに彼は自責の念を感じているようだ。

「リーダー、あとはもう大丈夫だよ。みんなのところに行ってあげて」

「でも……」

「由乃も着替えないと帰れないから」

彼女は浴衣姿のままだった。とっくに制服に戻ったわたしたちとは違う。それに気づいた彼は、ようやく腰を上げて保健室から出て行った。

学校祭の最後にクラスの順位が発表された。例年、一学年は最下位の回避を狙うので精一杯だが、一年C組はお化け屋敷の出来を高く評価され二学年の位置に食い込んだ。一年生に座を奪われたのが、千彰たちのクラスだったのはすこし複雑な気持ちだ。

キャンプファイヤーを囲んで踊っているのは三学年が多い。次いで二学年、一学年は恥ずかしがって遠巻きに見ているほうが多い。けれどドラァグ・クイーン姿のまま踊る二年A組の男子たちには歓声があがり、生徒の間では伝説になりそうな勢いだった。

無言で校庭を見つめていると、ふいに保健室の窓をのぞく人が現れた。こんこん、と窓ガラスをノックする。鍵を開けると、外の空気とともに木の燃える匂いが流れ込んだ。

「由乃、体調はどうだ？」

窓から顔を出したのは千彰だった。

「もし動けそうだったらこっち来なよ。学校祭もあと少しで終わっちゃうよ」

「……千彰くん、綺麗」

ようやく由乃が喋った。彼は模擬店の格好のままだが、踊り疲れたのかすこし化粧が崩れてしまっている。由乃が口を開いたことに安堵の息をつき、くしゃりと破顔した。

「ドレスもカツラも化粧も窮屈だよ。いつもの格好のほうが落ち着くわ」

「そのわりにノリノリじゃない？」

「母さんたちに言うなよ、葉月」

そう釘を刺す千彰の背中から、ジェンカの音楽が流れてくる。じっと校庭を眺める由乃の視線を察したのか、彼はちらりと振り向いた。

「陸も心配してたよ。どっかで踊ってると思うから、元気な顔見せてあげてよ」

遠野先輩の名前を聞いて、由乃の目にみるみる涙が浮かんだ。

「……私、絶対、遠野先輩に気持ち悪いって思われた」

「そんなことない。陸、めちゃくちゃかっこよかったんだぞ」

由乃のことを妹のように思う千彰と違い、遠野先輩と由乃はこれまでさほど関わりがなかったはずだ。けれど彼はあの教室で、誰よりも怒りをあらわにしていた。

「あいつがあんなに怒ったの見たのはじめてだよ。由乃を傷つけられてよっぽど腹が立ったんだろうな」

「千彰くんたちの模擬店、台無しにしてごめんなさい」

泣きじゃくる彼女の髪を千彰が撫でる。千彰には多少免疫があるとはいえ、やはり男性にさわられるのは苦手だったはずだ。けれどその手が拒まれることはなかった。

由乃の気持ちが落ち着くまで、わたしたちは何も言わずに見守っていた。ジェンカの音楽にのって、背中に手を乗せ列になって踊る生徒たちの中で、ひときわ目を引くドラァグ・クイーンの集団が保健室の前を通った。

「千彰、なにしてるんだよ！」

気づいたクイーンが千彰を呼ぶ。彼が振り向いてそれに応じると、ジェンカの列はぞろぞろとこちらに集まってきた。

「お、目が覚めたんだ」

「体調はどうだ？　どこか痛いところないか？」

「落ち着いたらこっちに来て踊ろうぜ」

豪華な衣装に身を包んだクイーンたちに話しかけられ、由乃は目を白黒させている。彼女はオネエ喫茶の記憶がない。その新鮮な反応に彼らは嬉しそうにポーズを決めた。

「何か困ったことがあったらアタシたちに相談するのよ」

「二年A組のお兄さんたちはみんな優しいからな」

「お兄さんが嫌だったらお姉さんにもなれるわよ」

投げキッスを受け取り、それに由乃が小さく笑った。

教室にいるときは気づかなかったが、彼らは千彰の部屋に集まっていた学校祭のメンバーだった。由乃が絵を描いていたときにのぞき込んでいた人もいる。わたしたちが気づいていなかっただけで、先輩たちは後輩をとてもよく気にかけてくれていたのだ。

オネエ喫茶での彼らの姿が目に焼き付いている。由乃にも見せてあげたかった。あれほどに強く、そして美しい人たちを今まで見たことがなかった。

彼らは千彰を引きずり、キャンプファイヤーの輪に戻っていった。保健室の窓のそばには一本の桜の木があり、フォークダンスを踊る生徒たちを見守っている。

炎の熱で赤く染まる葉が、風とともに散る火花が、まるで桜のように見える。それが由乃の横顔を照らし、彼女の赤く腫れた目元を隠していた。

「学校祭が終わったら、美術部の見学に行ってみるね」

「わたしも一緒に行くよ」

それに彼女は首を振った。

「無理しなくていいよ。いつも葉月に迷惑かけてごめんね」

迷惑なんかじゃない。わたしは好きで由乃のそばにいるのだ。

「先輩たちみたいな人がいるなら、私もすこし、頑張ってみる」

頑張らなくていいよ。その言葉を、わたしは喉の奥で押し殺した。

「……着替え、とってくるね。一緒に帰ろう」

わたしは由乃の顔を見れぬまま、保健室をあとにした。

保健室から一学年の教室に行くには、二学年が使う階段を通ったほうが近道だった。普段なら使えない道だが、生徒はみなキャンプファイヤーで出払ってしまっている。見咎める人は誰もいないだろうと、わたしはその階段をのぼった。

窓が開いているのか、校庭の音楽がここにまで届いている。ジェンカの次はマイムマイムが流れていた。いまごろ千彰はみんなでそれを踊っていることだろう。

階段をのぼりきると、昼間の模擬店での賑わいが嘘のように人の姿が消えていた。廊下は電気を消しているが、校庭の明かりが窓から入り暗くはない。教室はどこも非日常の飾りつけのままだが、それもすぐに取り壊されてしまうのだと思うと言い知れぬ寂しさがあった。

あっという間の二日間だった。千彰が学校祭は準備が一番楽しいと言っていたが、その通りだと思う。余韻を味わいながら歩いていると、二年A組に人の姿が見えた。

カーテンを開けた教室はすでに片づけをはじめていたのか、机がまばらに並んでいた。生徒がふたり、窓際に立ち校庭の様子を眺めている。わたしは自然と、その後ろ姿に目を奪われていた。

逆光で顔は見えないが、ふたりとも髪が長い。制服姿の女子生徒と、もうひとりは衣装を着た男子だろうか。千彰やほかの男子たちと違い、その姿には気品のようなものを感じた。マイムマイムの雄叫びが二階にまで届いている。ふたりはぴったりと寄り添いながらそれを見ている。いけないことだとわかっていながらも、盗み見ることをやめられなかった。

やがて曲がオクラホマミクサーに変わった。学校祭の前に体育の授業でフォークダンスをひとしきり習ったが、男女が手をつないで踊るこの曲だけ由乃は踊ることができなかった。模擬店の騒動がなければ、今ごろ彼女と女子同士でこれを踊っていたかもしれない。

そろそろ教室に戻らなければ。わたしが歩き出す寸前、教室のふたりが手を取って踊りはじめた。

軽やかなメロディだが、ふたりが踊るとゆったりとしたバラードのように思えた。手をつなぎ回転すると、逆光で見えなかった顔の角度が変わり、女子が蓮見先輩だと気づく。

では、隣は。目を凝らして、わたしは声なき声で呟いた。

遠野先輩。

模擬店では黒服姿だったはずだが、なぜいまになってドレスを着ているのか。すらりとした長身を引き立てる白いカクテルドレスと、豊かな黒髪に違和感がない。彼は千彰たちのような舞台メイクではなく、甘くやわらかな女性らしい化粧をしていた。

ふたりはすぐに踊るのをやめた。蓮見先輩が手を伸ばし、遠野先輩の頬に触れる。その唇がなにかをささやき、彼はすこしだけ泣きそうな表情を浮かべる。

そして吸い寄せられるように、唇を重ねた。

これ以上見てはいけない。わたしは足音に気をつけながら一年C組の教室へと急いだ。

由乃が遠野先輩に惹かれた気持ちが、ようやくわかった気がする。

ほかの男子生徒はドレスを着てもあくまで女装の枠から出ることができなかったが、遠野先輩のそれは女性そのものだった。いつもの制服姿でも、にじみ出る女性らしさを由乃は感じ取っていたのかもしれない。

けれど彼女は、男性の遠野先輩に恋心を抱いている。

教室は真っ暗なお化け屋敷のままだった。荷物を探すために暗幕を開けると、校庭の様子が見える。キャンプファイヤーの炎が爆ぜ、火の粉が二階まで舞い上がっていた。

教室の隅にまとめた生徒の荷物。ふたりの鞄はおそろいのキーホルダーですぐにわかる。

急いで保健室に戻らねばと思うのだが、なぜか足が動いてくれなかった。

そろいのキーホルダー、一緒に選んだ文房具。それはふたりで決めたさくら色。制服も髪型も、瓜二つの双子コーデ。由乃とわたしは一心同体のはずだった。

どんなに見た目をそろえても、心まで同じになれなかった。

由乃と同じ人を好きになれなかった。

燃えるように染まる木々が、風に舞う火花が、散っていく桜のように見える。

わたしと由乃、同じところなんてひとつもない。

髪型も好きな色も、面白いと思う漫画も、チョコミントをおいしいと思う気持ちも。どんなに彼女に合わせても、どんなに彼女を想っても、わたしたちは個々の人間だった。

わたしは由乃を好きになったけど、由乃はわたしを好きになってくれなかった。

胸が苦しい。この想いは決して実らない。

さくら、さくら。わたしも由乃とふたりで踊ってみたかった。

3 ― きらきらひかる

――こんな夢を見た。

――腕組をして枕元に坐っていると、仰向に寝た女が、静かな声でもう死にますと云う。

そんな小説の冒頭を思い出しながら、あたしはベッドで眠る彼のネクタイをほどいた。シャツの襟の間から、男のひとのにおいがする。あたしは彼の上に馬乗りになり、決して良い香りとはいえないそれを嗅ぐ。顔を寄せると髪が流れ落ち、彼はくすぐったそうに顔をそむけた。

「ねえ、起きてよ」

呼びかけるも、返ってくるのは曖昧な寝言ばかり。テーブルの上には空になった缶ビールが転がっている。たいして強くないくせに飲もうとするから、いつも一本だけで酔い潰れてしまうのだ。

「起きてってば、倫太郎」

何度呼びかけてもかたくなに目を覚まそうとしない。しびれを切らし、あたしは彼のお腹に体重をかけた。

つぶれた蛙のような声を漏らし、ようやくまぶたが開く。

「……また来てたのか、井口」

開口一番、迷惑そうな声。いつも学校で見る彼はどこか少年のような幼さがあるが、部屋で酔い潰れる姿はまるでおじさんだ。

中途半端に閉めたカーテンの隙間に、ぽっかりと浮かぶ月が見える。紺色のカーテンが窓の向こうの街灯や電線など余計なものを消していた。星のない夜空に浮かぶ月のように見え、まるで絵画のようだとあたしは思う。

「スーツ、ハンガーにかけておいたよ。シワになっちゃう」

彼の住むアパートの玄関を開けると、まず目に入るのは脱ぎ散らかした靴下だった。帰宅早々靴下や鞄を放り投げ、スーツも適当に放置し、冷蔵庫からビールを取り出して一気飲み。そのまま酔いが回って、ベッドの上で大の字に寝転ぶまでの過程が容易に想像できる。いつも同じようなネクタイばかりつけているのは、選ぶのが億劫(おっくう)で手近にあるものを使っているからだ。

「クローゼットのスーツ、組み合わせておいたからね」

「また余計なことを……」

「担任がいつも同じような格好ばかりじゃ、あたしたちが恥ずかしいの」

男のひとり暮らしとはいえ、生徒に人気の筧(かけい)倫太郎先生がこんなにだらしないとは。彼は酔いの回った頭を押さえ、もう片方の手でテーブルに置いたコップを探した。

「邪魔。重い」

あとすこしというところで、コップに届かない。あたしは意地悪をして、彼の上に乗ったまま唇を寄せた。

アルコールのにおいが混じる吐息。唇を重ねようとすると、彼の手があたしの口を塞ぐ。

「そういうのは好きな人としなさい」

「あたしの好きな人は倫太郎だもん」

彼は問答無用で身体を起こし、そのはずみであたしはベッドから転げ落ちた。

よほど喉が渇いていたのか、水はあっという間になくなった。それで一息つけたのか、倫太郎があたしに視線をくれる。

「ここには来るなっていつも言ってるだろ」

「鍵の隠し場所変えない倫太郎が悪いんだよ」

ベッドから立ち上がった彼は、ふらついた足取りで部屋着にしているジャージを穿いた。ワイシャツを脱ぎ捨てると、アンダーシャツのまま大きなあくびをする。ぼりぼりとかきむしるお腹からおへそがのぞくが、そこに余計な脂肪はなかった。

「早く帰れ。親が心配するぞ」

「どうせあたしのことなんて気にしてないし」

意地でも部屋に居座ろうとするあたしに、彼は心底嫌そうな表情を浮かべる。学校ではあくまでも爽やかな新任教師を演じており、このぶっきらぼうな姿が素の寛倫太郎なのだ。彼の本来の姿を知る人は、少ない。

冷蔵庫から新しいビールを取り出し、プルタブを開けると小気味よい音が鳴る。ごくごくと飲み干す横顔は喉仏が上下し、寝汗で濡れた襟足が言い知れぬ色香を漂わせている。

決して広くはないワンルームのアパート。紺色のカーテンや焦げ茶色のシーツは飾り気がなく、いつもどこかしらに洗濯物が落ちている。お世辞にも綺麗とは言えない男臭い部屋が、あたしにとっては居心地の良い場所だった。

〇

夏休み明けの二年A組の教室は学校祭の空気など嘘のように消え、日常へと戻っていた。

遅刻ギリギリで滑り込み、机に鞄を放ると隣の席の佐倉千彰が顔を上げる。突っ伏して寝ていたのか、顔にはシャツのあとがついていた。

「おはよ、井口」

「おはよう」

朝の挨拶を彼とだけ交わす。夏休みが終わり、久しぶりに会ったクラスメイトに「元気だった？」「焼けたね」と言うのは始業式の日だけだ。翌日には日常に戻るが、休み明けの気だるい雰囲気だけはまだ教室に残っている。

チャイムが鳴り、倫太郎が教室の扉を開けると、千彰の号令でみなが立ち上がった。

起立、礼、おはようございます。いつもの一日がはじまる。倫太郎が出席をとり、それに生徒が淡々と返していく。やる気のない返事とは対照的に、倫太郎の声はいつも教室に明るく響いていた。

女子たちが倫太郎を見てひそひそと話している。今日、彼の着ているワイシャツとネクタイはあたしが組み合わせたものだ。水色のストライプシャツとピンクのネクタイを見て、

「倫太郎ってセンス良くなったよね」とささやく声に、心の中でガッツポーズをする。

「佐倉千彰」

「はい」

千彰があくびを嚙み殺しながら言う。寝不足なのか、愛嬌のあるどんぐり眼（まなこ）がいまにも閉じてしまいそうだ。彼はまぶたをこすり、声を潜めてあたしに話しかけた。

「……井口ごめん、英語の課題見せて」

「夏休みの課題なのになんで終わってないのよ」

「毎日部活三昧だったんだよ。頼む、あとでなんかおごるから」

手を合わせて拝みたおされ、あたしは小さく嘆息する。机の中から課題の冊子を探していると、いつのまにか出席が女子の順番になっていた。

「井口ヒカル」

「はい」

倫太郎は淡々と出席簿にチェックを入れていく。やがて朝の伝達事項が読み上げられ、彼がふいにニヒルな笑みを見せた。

「今日は楽しい楽しい頭髪服装検査があるからな」

夏休みが明けると、始業式の翌日に行われるのが頭髪服装検査だ。担任と学年主任、生活指導の教師が順に教室をまわって生徒の身だしなみをチェックする。二年A組はトップバッターであり、「早く準備しろよ」と急かす倫太郎に教室内でブーイングが上がった。

「抜き打ちじゃないだろ。今日あるってわかってたんだから、朝からちゃんとした格好で登校しろよな」

「そう言う倫太郎も寝癖ついてるじゃん」

「うそだろ」

生徒の指摘に、倫太郎が後頭部に手をやる。鏡に映る正面は気にしていたが、その芸術的な寝癖に気づいていなかったらしい。「ちょっと濡らしてくる」と教室を出ていく背中は、先生というよりも生徒に近いものがあった。

普段は校則も忘れてしまうほどゆるい学校だが、検査の日だけは教師の目が厳しく光る。慌ただしく身なりを整える教室内で、千彰は課題を一心不乱に書き写していた。学級委員長を務める彼は日頃から服装に乱れがない。

シャープペンシルを握る手が目にもとまらぬ速さで動いている。あたしが学校指定の深緑色のネクタイに締め直していると、ふいに彼が顔を上げた。

「おれ、服装変なところない？」

「ないけど……あたしの香水貸そうか？」

「逆に引っかかるじゃん、それ」

「油のにおいがする。また美術室にこもってたんでしょ」

書き終えたプリントを受け取り、あたしは千彰の頭に顔を寄せた。

その指摘に、彼は自分の制服に鼻を寄せた。ずいぶん眠そうにしているが、朝からずっと部室にいたに違いない。

「しまった、染みついちゃったか」

「体臭って校則的にどうだったっけ？」

「でも香水は強すぎるよ。なあ、誰か消臭スプレー持ってるやついない？」

「あるよ！」

呼びかけると、手を上げたのは遠野陸だった。それに千彰が「なんで持ってるんだよ」と笑う。

「一花が持ってるんだよ。なんだよ、笑うなら貸さないぞ」

「ごめんごめん。貸してください蓮見さん、お願いします」

千彰が拝むと、遠野くんがスプレーを振りかける。わざわざ持ち運び用の容器に入れるとは蓮見一花も女子力が高い。頭からつま先まで満遍なくスプレーをかけ終えると、倫太郎が学年主任たちを引き連れて戻ってきた。

頭髪服装検査は三人ずつ窓際に並び、教師が校則に基づいて生徒の身だしなみを確認する。男子は髭や襟足の長さなど細かなチェックがあり、千彰に近づいた学年主任の眉がぴくりと反応する。

「なんだ佐倉、香水か？」

その一言に、事情を知っている教室が笑いに包まれた。

「消臭スプレーです！　絵の具のにおいが染みついて困ってるんですよ」

千彰は必死に弁解するが、蓮見さんの持っていた消臭スプレーは甘い柔軟剤の香りだった。体育教師の学年主任にはいまいちピンとこないらしい。

「主任、佐倉は美術部なんです。いま、大会前でずっと部室にこもってるから、本人もにおいを気にしてるんですよ」

「……そうか、筧先生は美術部の顧問でしたね」

倫太郎の説明に納得し、学年主任は「じゃあ、次」と隣の生徒に移る。安堵の息をつく千彰に、遠野くんがごめんと手を合わせたのが見えた。

男子の検査のあとは女子の番だ。出席番号順に呼ばれ、あたしは早々に解放された。

頭髪服装検査には必ず女性教員も参加する。それは女子のスカート丈など接近する場面が多いから。普段はウエストを折って丈を短くしているため、女子の大半はスカートに変なしわが寄っていた。

「真鍋、髪を染め直すように言わなかったか？」

クラスメイトの真鍋は、一年のときに髪を染めてから早々にブラックリスト入りをしている女子だった。ヘアカラーは一度明るくしてしまうと、上から黒く染めてもやがて色落ちしてしまう。検査のときに窓際に立たせるのは、日の光で髪の色を見極めるためだ。

「言われた通り黒く染めてます」

「まだ茶色い」

「一度染めたら色が抜けるのは仕方ないじゃないですか」

「そもそも髪染め自体が校則違反だろう。黒くならないなら短く切ってしまいなさい」

学年主任の一言に、彼女がまなじりをつり上げた。

「なんで私ばっかり。ヒカルのほうが茶色いじゃないですか！」

あたしを指さしながら叫ぶ真鍋に、教室がしんと静まりかえった。

生粋の日本人だが、あたしはうまれつき色素が薄かった。瞳と髪の色が茶色く、髪の毛も細く傷みやすい。伸ばせば伸ばすほど色が抜け、光の加減ではかなり明るい髪色になってしまうのだ。

「井口の髪の色はうまれつきだ。入学時に地毛証明の提出もある」

「校則は黒髪なんでしょ？　なら、茶色い髪も染めさせればいいじゃない」

「そうだよ。ヒカルだけ不公平だってみんな思ってます」

真鍋だけでなく、ほかの女子たちも抗議に加わる。数で押され、教師たちが目配せをするのが見えた。

髪の色や天然パーマは、子どものころの写真など証明できるものがあれば地毛のまま登校することが許されている。一年のときから同じクラスだった真鍋は、あたしの髪のことを知っているはずだった。

「先生たちはいつもそうやってヒカルのことばっかり贔屓(ひいき)して不公平じゃん！」

夏休み前。クラスの団結力を高めるはずの学校祭で、あたしはその輪から外されてしまった。

模擬店でオネエ喫茶をすると決まり、真鍋ら仲の良い女子たちと衣装係に入った。なりゆきでリーダーを任され、衣装に必要な布地の発注やほかの係との予算の話し合いなど、予想以上に忙しい日々がはじまった。

真鍋は古着が好きで、自分でリメイクもする洋裁の技術があった。ふたりで型紙を探し、雑誌を見てああでもないこうでもないと話し合いをする大事な相棒だった。

けれどある日、ドレスの件で彼女の姿を探していると、中庭で千彰ら大道具係の輪にまじっているのが見えた。

『こっちの作業手伝ってくれるのはいいけど、衣装係は大丈夫なのか？』

『いいのいいの、男子の採寸してくるって言ってあるから。だいたいヒカルも、いきなり衣装変えたいなんて無茶言ってきてさ。学祭なんて適当にやればいいのに……』

男子の中で紅一点輝く彼女の肩を、千彰が叩く。あたしに気づいた真鍋は、言いかけていた口をつぐんだ。

その夜のグループチャットで、あたしは衣装係に伝達事項を伝えた。ただでさえスタートが遅かったため作業はぎりぎりであり、ほかの係の手伝いよりも衣装に集中してほしいと綴ってしまった。

真鍋からは直接あたしに返信があった。

『文句があるなら直接私に言えばよかったじゃん』

彼女に返事を送っても、既読になることはなかった。

迎えた学校祭本番。二年A組の模擬店は一年生に負けるという最悪な結果に終わった。それ以来真鍋との会話は一切なくなり、女子グループから外されるようになった。ヒエラルキーの高いところに属していたため、ほかの女子たちも腫れ物にさわるような態度になり、それは夏休みが終わっても変わることはなかった。

「……髪を染めるのが校則違反なら、あたしが黒く染めるのだって校則違反ですよね」

騒ぎを静観していたあたしの一言に、教室中の視線が集まった。

「あたしにとっての黒染めは、みんなが髪の色を変えるのと変わらないと思います」

あくまで淡々とした口調で、学年主任を見つめる。彼はつい先ほど、あたしの検査に合格を出したばかりだった。

「この髪は地毛なのに、まわりと同じにするために染めないといけないんですか？」

言葉が出ず、真一文字に引き締められた唇が開かれるのを待っても、返事はない。待ちくたびれて、思わずため息が漏れた。

「もういいです。帰ります」

鞄をひっ掴み、あたしは教室をあとにする。

背後で千彰の呼ぶ声がしたが、聞こえないふりをして教室の扉を力任せに閉めた。


あたしは子どものころから、自分の髪にコンプレックスを抱いていた。

父の顔は写真でしか知らない。あたしは母が高校生のときに身ごもった子どもらしい。父はあたしがうまれる前に家族で遠い街に引っ越してしまったらしく、おそらく自分の子どもの性別すら知らないままだろう。

母はその後、女手一つであたしを育てた——という美談にはならなかった。奔放な異性関係を繰り返し、あたしは何度も苗字が変わった。そのたびに友達に説明するのが嫌で嫌で仕方なかった。

『ヒカルちゃんの本当のお父さんって、実は外国人なんじゃない?』

生まれつき色素が薄く、茶色い髪と瞳をもったあたしは心ない言葉を浴びせられることが多かった。友達は単純にうらやましかったのかもしれないが、深夜に声を潜めて話す祖父母を見たときのことは今も忘れられない。いくら日本人の西洋化がすすんでいるとはいえ、あたしほど髪の色が明るい人はまわりにいなかった。

『井口の髪ってかっこいいよな』

中学時代、あたしのことをそう褒めた男子がいた。思春期まっただ中で男女別にいることが多かったが、彼は男女関係なく誰とでも仲良くするクラスの人気者だった。

クラスメイトの女子たちから、あたしの髪は染めたものだと噂を流されていた。純日本人の顔で髪や瞳だけが明るいと信憑性があるのか、どんなに否定しても信じてもらえなかった。けれどその男子だけが、あたしの言うことを真正面から受け止めてくれたのだった。

そして夏休み明け。ひとりの女子生徒が、髪を明るく染めて登校した。

『井口さんの髪が茶色いなら、わたしたちも染めて良いと思います』

人気の男子と仲良くするあたしを、面白くないと思う女子は多かった。ほかの女子も続々と続き、それが学校で問題になってしまった。

そして職員室に呼び出されたのは、髪染めをした女子たちとあたしだった。

『全員、髪を黒く染め直しなさい』

『あたしの髪は地毛です』

『校則で髪の色は黒と決まっている。井口も黒く染めてきなさい』

あたしにとっての理不尽は、女子たちには道理にかなうものだったらしい。すぐさま全員が黒髪に戻り、あたしも市販の黒染め液で髪の色を変えた。

けれど、そこからが地獄のはじまりだった。

ただでさえ色の抜けやすい髪質のため、染めてもすぐに茶色く戻ってしまう。そのたびに女子が先生に密告し、職員室に呼び出されて染めろと強要される。

やがて髪は傷み、頭皮も荒れ、大切に伸ばしていた髪を短く切るほかなかった。

新しい恋人との恋愛に夢中になっていた母は娘のことなど気にする様子もなく、ただ言われるがままに美容室代を渡すだけだった。

あのときの女子たちの勝ち誇った顔が忘れられない。あたしは勉強に精を出し、地毛証明の認められる偏差値の高い学校に合格した。傷んでぼろぼろだった髪を手入れし、少しずつ少しずつ伸ばしてもとの髪に戻した。

髪型に負けないように覚えた化粧は、自分を守るための武装だった。

「――井口、こんなところで寝てたら風邪引くぞ」

乱暴に揺さぶられ、あたしは目を覚ました。

いつの間にか眠っていたらしい。嗅ぎ慣れた香りを感じ、ゆるゆるとまぶたを開く。

「……千彰？」

予想に反し、そこにいたのは倫太郎だった。

「ひどい顔だな。泣いてたのか？」

「泣いてないし」

身体を起こしてまぶたをこすったが、化粧をしていたのを忘れていた。手にべっとりとついたアイシャドウはこすった程度でつく量ではない。あわてて鏡を取り出すと、朝から時間をかけて作ったメイクが落ち、目のまわりがパンダになっていた。

頭が半分寝たままなのか、視界が白く霞(かす)んでいる。リムーバーでメイクを落としていると、がらがらと扉を開く音が聞こえた。

「倫太郎、井口起きた？」

現れたのは千彰だ。その屈託のない笑顔に刺激され、視界に色が戻っていくのを感じる。目がチカチカする極彩色の世界。隣の席からたまに香る千彰のにおい——それは油絵の具のにおいだ。次第に覚醒していく頭で、自分が美術室にいたことを思い出す。

「何回もメール送ったのに返事しないんだもんな。どうせここにいるとは思ってたけど、もう昼休みだぞ」

床に転がったスマートフォンを拾い上げ、千彰はあたしに返す。学祭以降うんともすんとも鳴らなくなっていたが、確認すると彼からの通知でいっぱいだった。

授業をサボるとき、あたしはいつも美術室を使っている。普段は鍵が閉まっているはずの教室だが、ものぐさ顧問がスペアキーを隠している場所を知っているのだ。

「先生たちには俺から言っておいたから、午後からはちゃんと授業出るように」

「あとでノート見せてやるよ。これでさっきの貸し借りはチャラな」

千彰は窓側に向けていたイーゼルをもとの位置に戻す。並べた椅子の上で眠っていたあたしは、のびをするだけで関節がぽきぽきと鳴った。

「井口、昼飯いつも購買だろ。いまから行っても良いの残ってないぞ」

そう言いながら、千彰が放ったのはアルミホイルにくるんだおにぎりだった。彼が机の上にお弁当の入った袋を置くと、倫太郎がそれに軽く目を見張る。

「今日もまた大量だな」

「育ちざかりなんで。倫太郎もまたコンビニ？　好きなの食べていいよ」

千彰は運動部さながらの大きなお弁当箱を使っていた。おにぎりの量も一食分ではなく、朝ご飯や早弁、放課後の軽食も含まれている。ひとつひとつ大きさの違う不格好なそれは、普段料理をしない彼が作ったのだとひと目でわかる。

「おかずは晩ご飯の残りで悪いけど」

「それでも自分でお弁当箱につめたんでしょ？　偉いよね、朝から」

「部活で朝早く登校するからって、それに母親を巻き込むのは悪いからな」

おかずのぎっしりとつまったお弁当箱からは佐倉家の食卓がうかがえる。ザンギやイカゲソなど揚げ物が多いのは子どもたちのためだろう。母親の味をろくに知らないあたしと、冷蔵庫にビールしか入っていない倫太郎にとって、千彰のお弁当は何にも代えがたいご馳走だった。

三人で「いただきます」と手を合わせ、それぞれおにぎりやおかずをつまむ。

「……佐倉家の卵焼き、ずいぶん甘いんだな」

「おれのばあちゃんがなんでもかんでも甘くする人だったらしくて。納豆もトマトも全部砂糖をかけるんだよ」

「トマトに砂糖って意外とおいしいよね。フルーツみたいになる」

そのたわいもない会話ですら、最高のおかずになる。誰かと食べる食事が高級な料理の何倍もおいしいことを、あたしはここで知った。

ここ美術室は、あたしたちの秘密のたまり場だった。

千彰はおにぎりをかじりながらエプロンを着ける。丈夫な帆布のエプロンはあちこちに絵の具がついて汚れているが、油絵の具は簡単には落ちないため滅多に洗っていないらしい。彼から絵の具のにおいがするのはこのエプロンのせいもあるだろう。

美術部は高文連の大会が間近に迫っていた。運動部の大会は当日に競技を競うものだが、文化部は期日までに作品を仕上げ、大会はその作品の発表会と研修になる場合が多い。

「まだ二年なんだし、そんなに根詰めてやらなくてもいいんじゃない?」

「美術部の全国大会は翌年開催だから、三年で金賞をとっても全国大会には行けないんだよ。前にも話しただろ」

大会には地区別の支部大会、全道大会、全国大会がある。全道大会で金賞をとった作品の中から、一、二学年の作品だけが翌年の全国大会に行くことができるのだ。

「全国に行けば美大から推薦が来るかもしれないんだ。進路がかかってるんだし、いま頑張るしかないだろ」

千彰は卒業後の進路を美術大学と決めている。現役の合格率が低く、一浪二浪が当たり前の世界では、美大からの推薦は喉から手が出るほど欲しいものだろう。

高二にもなれば卒業後の進路を意識しはじめるころだ。けれどあたしにとって、進路よりもいまの自分の顔のほうが大事だ。おにぎりを食べながら化粧を直す姿を見て、倫太郎が喉の奥でくつくつと笑った。

「ふたりとも、キャンバスは違えどやってることは同じだな」

「ちょっと、一緒にしないでよ」

抗議するあたしと違い、千彰は絵筆を握ったまま笑い声をあげた。

「たしかに、井口の化粧ってたまにすごいときがある。目のまわりが黄色かったときは失敗したのかと思った」

「イエローのアイシャドウはあのときの流行だったの。倫太郎のセンスと一緒にしないで」

「倫太郎の服もだいぶマシになったよな。一年のとき、変な色のネクタイしてきたことあったじゃん。どこで買ったのあれ」

「もらい物を適当につけただけだ。ネクタイなんてどれも同じだろ」

二年A組の空気とは違う、三人だけの世界がここにはある。みなの前では爽やかな教師を演じる倫太郎はぶっきらぼうになり、千彰の優等生然とした振る舞いもなくなる。誰しもが自分を偽っているところがあるが、この三人の間では素でいられた。

千彰が大会に向けて描いているのは写実的な風景画だ。建物の屋根や木々の枝先までつぶさに描き込まれている。

油彩は水彩画と違い、絵の具がすぐに乾くものではない。油絵の具を用途別に画溶液と混ぜ合わせるが、それが乾くまでに一晩はかかる。毎日毎日こつこつと塗り重ね、出来上がる瞬間を見届けるのがあたしのひそかな楽しみだった。

「じゃあ俺は寝るから。予鈴鳴ったら起こして」

「出たよ不良教師」

学校祭以降、倫太郎はいつにも増して美術室にいる時間が増えた。二年A組のオネエ喫茶は夜の色が強すぎた結果になり、教頭や学年主任から厳重注意があったらしい。職員室が居づらくて逃げているため、授業をサボるあたしにも強く言えないのだ。

彼は先ほどまであたしが使っていた椅子に寝そべり、デッサン用のシーツを布団がわりにかぶった。絵の片手間に昼食をとっていた千彰も、食べ終えたおにぎりのアルミホイルをくしゃくしゃに握りつぶし、本格的に作業をはじめる。

美術室は絵が日焼けしないよう、いつもカーテンが引かれている。クリーム色の布地はもとからそうなのか、それとも古びて黄ばんでしまっているのか。メイク直しを終えたあたしはポーチを片付け、窓を開けてこもった空気を入れ替えた。

風に揺れるカーテンの向こうから、校庭で遊ぶ生徒たちの声が聞こえる。千彰が時おり鼻歌を歌い、それに倫太郎の寝息が混じっている。母が恋人に電話をかける甘ったるい声も、フラれて昼も夜もなく泣きくれる声も、酒に溺れてあたしに八つ当たりする声もない。

千彰は完全に集中しているのか、あたしがのぞき込んでも気づいていなかった。その身体にはかすかに消臭スプレーの香りが残っていたが、やがてそれもこの教室のにおいに戻っていくのだろう。

教室中にずらりと飾られた歴代の部員の作品。目が痛くなるほどの色とりどりの世界。倫太郎は真っ白なシーツにくるまり、まるで無垢な赤ん坊のような寝顔を見せている。

千彰は絵の世界に入り込んでいて、ほかの何も見えていない。あたしの髪や瞳をいたずらに刺激する人はおらず、この秘密のたまり場にいるときだけ、肩の力を抜いて呼吸することができた。

この静かな時間が永遠に続けばいいのに。誰も邪魔しない、三人だけの時間が。

○

放課後はいつも真鍋たちとカラオケでマイクを握っていたが、最近の自分は美術室で鉛筆を握るようになっていた。

「あたし別に美術部に入ったわけじゃないんだけど」

「どうせいつもここにいるじゃん。早く入部届出しちゃえよ」

昼休みは閑散としている美術室だが、放課後になると部員がまばらに現れる。眼鏡をかけ、校則通りの制服を着た生徒の率が高く、普段関わらないタイプばかり。三年生もいるはずだが、熱心に活動していないのか千彰が事実上の部長のようなものだった。

「大会ではデッサンの研修もあるし、すこし練習しておこう。制限時間は三十分な」

モデルの石膏像はかの有名なミロのヴィーナス。めいめい好きな場所に椅子を置き、アラームとともに鉛筆を動かしはじめる。あたしは教室の後ろに陣取り、鉛筆を指で回していた。

外は雨が降り、冷たい空気に季節が進んでいるのを感じる。運動部も屋内で活動せざるを得ず、校内ランニングをするかけ声や、廊下で筋トレをするカウントが校舎の端のここにまで響いていた。

デッサンは生徒によって描き方が違う。顔の細かなパーツからはじめる者や、全体の輪郭からはじめる者などさまざまだ。ミロのヴィーナスは控えめに胸があるが、やたらそれを強調する男子や、腹筋を熱心に割らせる女子などそれぞれのフェチが見え隠れする。

はたして千彰はどんなデッサンになるのか。あたしが席を立って盗み見ると、彼はスケッチブックをめくり新しい紙に描きはじめた。

はじめ、何をしているのかわからなかった。ざっと鉛筆を走らせると、細部を描き込まずにすぐページをめくってしまう。そんなことをしているのは彼ひとりだが、ほかの生徒は気にしている様子もない。その背中から鬼気迫る熱気が伝わり、あたしは邪魔することもできず自分の椅子に戻った。

やがてアラームが鳴り、みなが手を止める。美術部の講師は授業のある日にしか来ないため、出来上がった絵を批評する者はいない。互いに見せ合い、好きなように口を出し合うスタイルらしい。

「由乃（よしの）、はじめてのわりによく描けてるな」

千彰がスケッチブックをのぞき、それにつられてほかの生徒たちも集まる。視線を浴びて顔を真っ赤にしたのは、夏休み前から入部した一年の染井（そめい）由乃だった。

素人目にもわかるほど、バランスのとれた女神像が描かれている。てっきり選択授業も美術をとっているものだと思っていたが、なんと彼女は音楽の授業を受けているらしい。

「そんなに上手なのに、なんで美術にしなかったの？」

「……友達と、同じ授業にしたくて」

あたしの指摘に、彼女が消え入りそうな声で言う。そんな理由で自分の得意分野を捨ててしまうのかと、いらぬ口出しをしそうになるのをぐっとこらえた。

「そんなに受け身でばかりいたら、彼氏ができてもすぐに捨てられちゃうよ」

「……私、男の人苦手なので、彼氏はできないと思います」

「なに？　レズなの？」

つい、意地悪な言い方をしてしまう。それに千彰が「井口」と鋭くあたしを咎（とが）める。そのとき、ドアのノック音がやりとりを遮った。

扉の窓から、こちらをのぞき込む姿がある。それに気づいて由乃が表情を明るくした。

「葉月（はづき）！」

手を振っているのは千彰の妹だ。この間までおかっぱ頭だったはずだが、夏休みが明けるとショートヘアになっていた。どんぐり眼が千彰とそっくりで、血のつながりをしみじみと感じる。

「うるさくしてごめんね。女バレ、今日は廊下で基礎体力作りなの」

「終わったら教えて。一緒に帰ろう」

由乃の入部を機に、葉月も女子バレー部に入ったと千彰から聞いていた。休憩時間なのか、ほかの部員たちもこちらをのぞいている。運動部と文化部は接点が少なかったはずだが、ふたりがそれぞれ入部したことで少しずつ関係も変わりはじめているようだ。

「なにこの変なにおい、美術部？」

廊下から聞き慣れた声がして、あたしは千彰の陰に隠れた。

「ただでさえ雨でじめじめしてるのに、こんなにおい嗅いだらよけい具合悪くなるよ」

「すみません先輩、いま閉めます」

葉月が頭を下げてドアを閉めようとしたが、ずけずけと中に入ってくる。デッサンのスケッチブックを広げる生徒を一瞥(いちべつ)し、鼻で笑ったのは真鍋だった。

「美術部はお気楽でいいよね。私たちみたいに毎日練習しなくても、絵さえ出せば学校のお金で大会行けるんでしょ？」

彼女は正規のバレー部員ではない。大会が近づき助っ人を頼まれたと、教室で話しているのを聞いていた。

「あーあ、私も文化部に入っておけば良かったかな。顧問もウザいし、助っ人なんて引き受けるんじゃなかった」

「……先輩、そろそろ休憩終わりますよ」

真鍋の背中を押し、葉月が退散する。去り際に残した小さな会釈に、美術部員たちは同じ動きで返す。一年同士、お互いになにか通じ合っているようだった。

「なんであのとき言い返さなかったのよ」

二人きりになった美術室で、あたしは千彰に言った。

「別におれは気にしてないよ。バレー部の練習はきついって聞くし、真鍋もストレスたまってたんじゃないか？」

「だからって言わせたい放題でいいの？　千彰の絵を見れば一発で黙ったよ、絶対」

「それで黙ったら真鍋はもうここに来れなくなるだろ」

「別に来なくていいし」

盛大に顔をしかめてみせると、千彰が鉛筆を削りながら苦笑する。

「帰らないの？　今日はもう油絵やらないんでしょ？」

「今日は実技試験の練習がしたいんだ。俺、クロッキー苦手なんだよ」

大会で推薦を狙っている千彰だが、美大の一般入試対策もはじめている。世の中には美大用の予備校というものがあり、そこでは部活とは比べものにならないほどハイレベルな作品が飛び交っているらしい。

「井口も帰らないなら、ちょっと付き合ってよ」

彼に促され、あたしは窓際に立った。

日が落ちるころに雨がやみ、空は雲が切れている。のぼりはじめた月が丸く大きく輝き、窓の隙間から秋の風が流れ込んでいた。

千彰が鉛筆でパースを測りながら、スケッチブックに素早く描き込んでいく。石膏像のデッサンと同じように、描いてはめくり、描いてはめくる。五分ごとにポーズを変えるように言われるが、勝手がわからずほとんど棒立ちだった。

「なんですぐ終わっちゃうの？　もっとじっくり描いてよ」

「クロッキーは決められた時間で描くから力がつくんだ。実技試験も本当は木炭クロッキーだけど……せっかく遅くまで残らせてもらってるんだし、時間を無駄にしたくないんだ」

部活動は原則、十八時半までと決まっている。ただし、顧問が学校に残る限りはそれ以上の活動もできるが、多忙な教師たちは積極的に残ろうとはしなかった。

「倫太郎っていつも遅くまで残ってるの？」

「そうだよ。朝も早くから学校の鍵開けてくれてるし。部活も進路も応援してくれるからおれもそれに応えないとな」

だから倫太郎はいつも眠そうにしていたのか。ひとつ謎が解け、あたしは力を抜いて空を仰いだ。

「お、いいポーズ。そのまま動かないで」

千彰が立ち上がり、部室の電気を消す。見上げた先に月が浮かび、まるで天然のスポットライトに照らされているようだった。

先ほどのクロッキーと違い、千彰は丁寧に鉛筆を動かしている。疲れて顔を下ろしたくなると「動くな」と怒られる。同じ姿勢をキープする大変さを知り、あたしは窓ガラスに後頭部を預けた。

「月が綺麗だと思ったら、来月はもう中秋の名月だもんな」

「なんだっけそれ、なんとか十夜？」

「十五夜が出てこないのはやばいぞ。あと、井口が言いたいのはたぶん夢十夜」

ああ、とあたしはうなずく。夏休みに入る前、倫太郎の現国の授業では夏目漱石の『夢十夜』をやっていた。

——こんな夢を見た。

——腕組をして枕元に坐っていると、仰向に寝た女が、静かな声でもう死にますと云う

——そんな出だしからはじまる物語。教科書に載っていたのは第一夜だが、その内容よりも倫太郎が授業の後半にした雑談のほうが記憶に残っている。

『夏目漱石は「こころ」や「坊ちゃん」などたくさんの作品を残している。先生は夢十夜を読むたびに、漱石が英語の先生をしていたときの話をよく思い出すんだ』

倫太郎は黒板に『I love you』と書いた。なぜ現国なのに英語の話になるのか、誰もがそう思ったが、彼の脱線は授業の良い息抜きになっていた。

『これを日本語に訳して。——遠野』

当てられた遠野くんが即座に返す。

『あなたを愛しています』

誰もが意味を知る有名な英語だ。倫太郎は満足そうにうなずき、話を続ける。

『夏目漱石の教え子も「我、君を愛す」と訳したんだ。でも漱石はそれに、日本人はそんなふうに言わないと指摘した。月が綺麗ですね、くらいにしておきなさいと。直接的な表現を好まない日本人らしい和訳だな』

ちなみにこの話は、夏目漱石が本当に言ったかどうかまでは定かではないらしい。いつも話半分に聞いている生徒たちが興味を示し、倫太郎は教室をぐるりと見まわしながら話を続けた。

『さて、夏目漱石流のアイラブユーに対して、先人はなんて返事をしたか知ってる人？』

それに手を挙げたのは千彰だった。

『わたし死んでもいいわ』

『正解。佐倉、二葉亭四迷のことよく知ってたな』

倫太郎の授業を誰よりも熱心に受けていたのが千彰だった。学級委員長という立場から、担任の科目は落とせないと猛勉強している。もともと芸術と親和性の高い文学は彼の得意分野らしい。

「倫太郎、夏休みの課題にも夢十夜出してたな」

「あたし、あの課題見て笑っちゃった」

風に乗って虫の声が聞こえる。八月も末になると季節は秋に変わり、夜の教室はワイシャツ一枚ではすこし寒かった。雲が月を覆い、手元が暗くなった千彰が鉛筆の動きを止める。

「……さっきさ、真鍋は井口のこと探しに来たんだと思うよ」

「なにそれ。わざわざ厭味（いやみ）言うため？」

「違うって。部活めんどくさいって言って、井口があたしもーって言うの待ってたんだよ。二人で部活抜け出してさ、仲直りするきっかけが欲しかったんじゃない？」

思いも寄らない言葉に、あたしは彼を見つめてしまう。千彰は「上向いて」と促した。

「おれ、学祭のときに真鍋に告られたんだよ」

淡々と告げる千彰に、あたしは上を向いたまま驚きを胸の内に隠す。

「後夜祭のキャンプファイヤーでさ。準備のときからやたら大道具の手伝いしに来るなとは思ってたけど……なんかさ、ふたりがぎくしゃくしはじめたのってあのころからじゃない？」

「なんて言って断ったの？」

「好きな人がいる、って。でも、井口と付き合ってるのかって問い詰められたんだ」

彼女との仲がこじれたのは、あのメールだけの問題ではなかったのかもしれない。

真鍋はあたしと千彰の関係を疑っていた。そして告白で事実を知ってもなお、気まずさや自尊心が傷つくのを恐れて距離を置いていたのかもしれない。

いままで見えていなかった背景が浮かび上がり、あたしは腹の底からため息をついた。

「……ほんと、愛だの恋だの馬鹿みたい」

なぜ人にはそんな感情があるのだろう。そんなもの、一時のまやかしでしかない。

母はいつもそれに振り回されている。愛したはずの男に子どももろとも捨てられた。それからも、自分を愛してくれる人を求めては傷つき、嘆き、そしてまた新しい恋を見つけ、そればかりを繰り返している。

中学時代、髪を染めた女子たちもそうだった。好きな男子があたしとばかり仲良くするのが嫌だと、そのつまらない嫉妬心であたしを攻撃したのだ。

そして、真鍋も。

「そう言うなよ。井口にもいつかわかるときが来るって」

「わかりたくない。ああはなりたくない」

「恋は自分の意思とは関係ないんだよ。おれみたいにさ」

あたしは千彰に好きな人がいることを知っている。この美術室で同じ時間を過ごすなかで、彼とはいろんな話をしていた。

「はじめて会ったときからひと目で好きになったり、嫌いだったやつのことが急に気になるようになったり、好きになっちゃいけない人を好きになったりするんだよな、恋って」

やがて風が雲を押し流し、切れ間から再び月が浮かんだ。

「……みんなの前であんなふうに言われたのに、仲直りしたいなんて思わないよ」

「真鍋は井口の髪がうらやましいんだよ。今は校則が面倒くさいけどさ、大人になったら染めなくても明るい髪なんて便利に決まってるじゃん」

わざわざ校則を犯してまで髪を染めた真鍋。日頃から千彰と親しく接しているあたし。彼女から見れば、あたしは欲しいものをすべて持っているように思うのかもしれない。

けれどそれは誤解だ。あたしは自分が欲しいと思うものをなにも手に入れていない。

「おれは井口の髪、好きだけどな。月明かりできらきら光ってる」

あたしもまた、決して手の届かない愚かな恋をしている。

○

地区別の支部大会で、千彰の作品は金賞に選ばれた。次の全道大会はすこし先だが、支部大会の評価では次も金賞だろうとの見立てだったらしい。美術部は全国大会の経験がなく、校長までもが次の結果を心待ちにしているようだった。

二学期制の高校は九月に期末テストがあり、その期間中は部活も休みになる。テストが終わるとすぐに秋休みがはじまってしまい、美術室に行く機会も減った。

秘密の居場所がなくなったあたしが行く先は、ひとつしか残っていない。

「……だから、ここには来るなっていつも言ってるだろ」

寝起き早々、倫太郎が掠れた声でそう言った。

「昨日の夜からいたのに全然起きなかったね。倫太郎の寝顔かわいかったよ」

「まさか俺の家から登校するつもりか？　誰かに見られたらどうするんだよ」

「ちゃんと時間ずらして家出るよ。ほら、朝ご飯つくってあげたから起きて起きて」

遮光のカーテンを開けると、差し込む朝日に彼は目を細める。そして枕元の目覚まし時計に手をやり、時刻を確認するなり飛び起きた。

「やばい」

焦ったように着替えをはじめる倫太郎。時間には十分余裕があるはずだが、目についたシャツを羽織る姿は尋常でないほど焦っている。

「遅刻だ、主任に怒られる」

テーブルの上の食パンをかじり、彼は床に落ちていたネクタイをポケットに突っ込む。鞄と車の鍵を持って玄関に走る彼をあたしは追いかけた。

「ちょっと待って、それあたしのネクタイ」

「……間違えた」

生徒のネクタイは毎日見慣れているはずだが、よほど焦っていたのだろう。彼は革靴を履くのもそこそこに、「ドア開けるとき、人に見られてないか確認しろよ」と叫んで行ってしまった。

　身支度を調えてアパートを出ると、快晴の空とは裏腹にひんやりとした空気が肌を撫でた。ブレザーのボタンをしっかり留めるも、シャツの襟から冷たい風が吹き込んでしまう。

　倫太郎のアパート周辺の地理は把握している。近道の公園を歩いていると、ふいに後ろから肩を叩かれた。

「おはよう、井口さん」

　振り向くと、そこにいたのは蓮見一花だった。

「似てる人がいるなと思ったら、やっぱりそうだった」

「……ひとり？　遠野くんは？」

　いつも隣にいる姿がない。あたしが訊ねると、彼女は「今日、日直だから」と返した。

「前にもここで井口さんと会ったよね。お家ってこっちのほうだったっけ？」

「違うよ。今日は彼氏のところに泊まってたから」

「さすが」

　蓮見さんは当然のように隣を歩いた。彼女は真鍋との件があっても、あたしへの態度を変えなかった珍しい女子だ。

　結局、髪染めの問題はうやむやになって終わりだった。長くあたしを無視していた真鍋も、秋休みが終わったあたりから普通に話しかけてくるようになった。仲直りもなにもなく、そのあいまいな態度に今度はあたしが距離を置いている番だ。

「蓮見さん、遠野くんと付き合うようになったでしょ」

学校祭では係のリーダー同士なにかと連絡を取っていたため、顔を合わせれば話す仲になっている。あたしの指摘に、彼女は頬を染めながらうなずいた。

「ずっと違うって否定してたけど、明らかになにかあったよね」

「……付き合うようになったのは最近なの」

学校祭では数多くのカップルが誕生している。幼なじみのふたりはもとから距離が近く、じゃれつく姿を見てこちらが恥ずかしくなってしまうこともあったが、男女の仲ではないとあたしは気づいていた。

「誰も何も言わなかったのに、井口さんは鋭いね。いつわかったの？」

「……現国で、夏休みの課題が返ってきたときかな」

倫太郎が作った夏休みの課題は、今までの授業の復習が多かった。そこには夢十夜の課題もあったが、その中に奇妙な問題が混じっていたのだ。

――『月が綺麗ですね』の返しを自分の言葉で答えなさい。

それに決まった正解はなかった。いわゆる『自分の考えを述べよ』の問題であり、倫太郎は授業で生徒たちの答えを発表したのだった。

ネットで調べればいくらでも答えの見つかる問題だった。問題にはＹＥＳかＮＯかの指定もなく、倫太郎は多かった解答から順に発表していった。

『私はまだ死にたくありません、って解答が多くて先生はちょっと寂しかったぞ。高校生なんだからもっと青春しろよな、みんな』

そうぼやきながらも、彼は少数派だった解答を生徒の名前とともに発表する。トップバッターはあたしだった。

――私に月は見えません。

『井口、ずいぶんバッサリいったな。俺だったら絶対凹(へこ)む返事だ』

あたしはわざとそう書いた。クラスの中で失笑が聞こえたが、けんもほろろな断り文句を書いた生徒はほかにもたくさんいた。倫太郎が求めた答えは案外少なかったらしい。

『遠野陸。授業のときは知らなかったみたいだけど、よく勉強したな』

――あなたと一緒に見ているから。

彼のロマンチックな答えを倫太郎も褒めていた。そのときあたしは、遠野くんが蓮見さんに視線をやったのを見た。けれど彼女はそれに気づかぬまま、倫太郎は次の答えを発表する。

『次、蓮見一花』

――私にとって月はずっと綺麗でしたよ。

彼女らしい答えだなと、あたしは思った。

「……あんな答えでわかるものなの？」

「なんとなくね。蓮見さんはずっと、遠野くんのことが好きなんだろうなって思ってたから」

幼なじみだったからこそ、出た答えだろう。ほかに同じ解答をした生徒はいなかった。彼女も授業のことは印象に残っていたのか、地下鉄駅に着くまでずっとその話題で盛り上がっていた。

「あの問題、井口さんがいいなって思った答えはなに？」

「あたしは……」

課題ではさまざまな解答があった。逆告白のような『ずっと一緒に月を見てくれますか？』、ほかに好きな人がいることを告げる『星のほうが綺麗ですよ』、情熱的な『このまま時が止まればいいのに』。

「……手が届かないから綺麗なんです、かな」

「佐倉くんの答えだね。あれ、なんか切なかったな」

駅の階段を下っていると、地下鉄の到着を告げるメロディが鳴った。駆け足で下ると、ホームにはまさに乗るべき路線の車両の姿が見える。

走れば十分間に合う。蓮見さんがＩＣ定期券をかざしながら言う。

「あの課題って、自分が告白されたときじゃなくて、告白したときに言われる答えを書いてるひともいそうだよね」

それに続こうとＩＣカードをかざしたものの、あたしはゲートに遮られてしまった。

倫太郎の家は定期の範囲ではないが、話に夢中でそれを失念していた。蓮見さんは立ち止まろうとしたが、あたしは乗るように促す。

「あとで、学校でね！」

好きな人に愛されると、身も心も綺麗になれるのだろうか。手を振る彼女の笑みは、幸福に満たされているように見えた。

彼女の言ったことは存外、的を射ている。千彰は手の届かない相手に恋をしていた。

それはあたしも一緒だった。


秋休みが明けてすぐ、美術部の全道大会が開催される。学校では大会前に全学年で壮行会が開かれ、千彰ら美術部員は体育館で校長から激励を受けていた。

ステージの上には、イーゼルに立て掛けた部員の油絵が並んでいた。大会用の作品はすでに会場に運ばれているため、飾ってあるのは過去の作品や授業で描いたものだ。

空き瓶とりんごの静物画や眠る三毛猫の絵などモチーフはさまざまだが、ひときわ目を引くのは盛夏の森を描いた風景画だった。日の盛りの木々は底知れぬ色味を帯び、いまにもセミの声が聞こえそうなほど。美術室では筆の荒さが気になっていたが、遠くから見るとピントがぴたりと合い、油絵とは奥が深いなと感心してしまう。

ぜひ全国大会の切符を。校長のプレッシャーに千彰は笑顔で返す。顧問の倫太郎はステージの脇で静かに部員たちを見守り、その隣にいる学年主任が興味深げに絵を眺めていた。

壮行会はほかの部活動も合同で行われるため、美術部が終わると絵も撤収される。率先して動くのは顧問と部員たち。千彰は主役のため体育館に残らなければならない。大きな作品が多く運びづらそうで、あたしは自然と列を抜けてそれを手伝っていた。

「悪いな、井口」

イーゼルを運んでいると、倫太郎に声をかけられた。壮行会は朝一番で行われたため、彼は早めに出勤してその準備をしていたらしい。絵を運ぶのに学年主任も手伝ったらしく、朝のあわてっぷりに納得がいった。

片付けが終わると倫太郎や部員たちは体育館に戻っていったが、あたしはそれに続くふりをして途中で引き返した。

閉め切った教室は絵の具のにおいが充満し、窓を開けて空気を入れ替える。片付けのときに誰かぶつかったのか、イーゼルにかけていたはずの千彰のエプロンが床に落ちていた。

彼は早くも新しい絵の制作に取り掛かっていた。キャンバスは窓に向かって置かれている
が、あたしは何気なくその絵をのぞき込む。

人物画だ。それを見て、息が止まりそうになった。

空に浮かぶ月を見上げる構図だった。ざっくりとした線だが、誰をモデルにしているのか
ひと目でわかる。

彼はどんな思いでこの絵を描いたのだろう。それを思うと、胸が締め付けられる。目頭が
熱くなるのを感じ、それを冷まそうとエプロンに顔を埋めた。

エプロンからは強い絵の具のにおいがした。決して良い香りとはいえないそれが、キャン
バスに向かう千彰の姿を思い起こさせる。

まぶたの裏でその姿を追っていたあたしは、肩を叩かれるまで人の気配に気づかなかった。

「……千彰？」

「井口、大丈夫か？」

あたしをのぞき込んでいたのは倫太郎だった。

「体育館に戻ってこないと思ったら、どうしたんだ？　泣いてるのか？」

「……泣いてないし」

目元をこすろうとした手に、絵の具がついてしまっていた。顔にもついているかもしれない。けれど倫太郎に訊ねれば泣いていたのがばれてしまうため、あたしはずっと下を向いていた。

「もう壮行会終わったから教室に戻れ。ここも鍵かけるぞ」

廊下を歩く生徒たちの足音が聞こえる。片付けは終わっているため、部員が戻ってくる様子はない。倫太郎はあたしの手からエプロンをとる。持ち主を知る彼はイーゼルに戻そうとし、白塗りのキャンバスに気づく。

「もう新しいの描いてるのか。佐倉は熱心だな」

瞳が絵をとらえる寸前、あたしはその背に抱きついた。

勢いあまって、倫太郎がバランスを崩して転ぶ。イーゼルが倒れ、大きな音が教室に響いた。

「……何するんだよ」

倫太郎の手が押しのけようとするが、あたしは彼のネクタイを緩めて首元をはだけさせた。

何度も触れた肌のぬくもり。嗅ぎ慣れた倫太郎の香り。

それはすこしだけ油絵の具のにおいに似ている。

「どきなさい、井口」

あたしはブラウスを脱ぎ捨てる。ブラジャーのホックを外しても、彼は顔色ひとつ変えなかった。

「早く服を着なさい」

「なんで？　そんなにあたし魅力ない？」

「いいから早く、風邪引くから」

「倫太郎はホモなの？」

ああ、また嫌なことを言ってしまった。一瞬、「井口」と鋭く咎める千彰の声が蘇り、動きを止めるあたしに倫太郎が口を開く。

「……井口は何がしたいんだ？」

「倫太郎が好きなの」

そうか、と彼の唇が動くと同時に、あたしの視界がぐらりと回った。

一瞬、何が起きたかわからなかった。絵の具のついた床に組み敷かれ、押し倒されたのだと気づいたころには、彼が覆い被さっていた。

倫太郎があたしの上に乗ったのははじめてだった。

乱暴に唇を塞がれる。その手が素肌に触れ、あたしは反射的に叫んでいた。

「――やめて！」

渾身の力で押しのけ、彼の下から逃れた。

シーツをかき抱き、あたしは乱れた息を整える。恐怖で身体ががたがたとふるえていた。

「……お前は何がしたいんだ？」

その問いに、あたしは答えることができなかった。

「居場所がないならつくってやる。部屋の鍵も同じところに隠してやる。それでお前は、俺に何をしてほしいんだ？」

倫太郎は乱れたネクタイをほどく。唇から血を流し、それを舌で舐めている。歯が深く食い込んだのか、すぐに血が盛り上がり、また赤く染まった。

「井口は誰が好きなんだ？」

あたしはそれに、ただうつむくしかなかった。

やがて始業のベルが鳴り、倫太郎が立ち上がる。教室を去り、扉を閉める音が聞こえても、あたしは顔を上げることができなかった。身体の震えが止まらず、ひたすら己を抱きしめて落ち着くのを待った。

お前は何がしたいんだ？　彼の言葉が頭をぐるぐると回る。

「……あたしは」

掠れる声を絞り出すと、再び、美術室の扉が開く。あたしは恐怖で凍り付いた。

「井口、またここにいたの？　部室閉めるから教室戻ろ」

千彰の明るい声が響く。一歩、二歩、と近づく足音。やがて、止まる。

我が身を抱きしめるあたしを見て、千彰は呆然と立ち尽くした。

「……井口?」

「おれ、倫太郎から鍵閉めてって言われて……」

混乱する頭で、千彰は懸命に考えている。美術室から出てきた倫太郎。残されたあたし。乱れた服。彼は視線を泳がせながらも、上着を脱いで羽織らせる優しさがあった。

「……そっか、ふたり、そういう関係だったんだ」

乾いた笑いがその口からこぼれる。彼は床に膝をつき、倒れたイーゼルに目をやった。

「そうだよな、いつもここで会ってたもんな。大丈夫、おれ、誰にも言わないから」

「……違う」

「嘘つかなくていいよ。いずれこうなるってわかってたし」

「違う」

唇に、倫太郎の血がついている。それを手で拭っても、まだ感触が残っている。

自分がいつも望んでいたことなのに、嫌悪の気持ちがとまらない。

唇を嚙みしめるも、堰を切ったように涙があふれた。

「……ごめん。あたし、千彰のこと好きになっちゃった」

あたしはうつむいたまま、そう告げるので精一杯だった。

床に倒れたイーゼルを見て、千彰はたしかに安堵した。

まだ色を載せていない、線だけの下描き。これからいくらでも絵の具を重ねていける、塗りつぶして消えてしまう絵。

なかったことにできる絵。

だから彼は、キャンバスに倫太郎を描いていた。

「……打ち明けてくれたのに、ごめん」

千彰と多くの時を過ごした美術室。交わしたたわいもない言葉。ときにはふたり、声を潜めて恋の話もした。

おれ、倫太郎が好きなんだ。

それは彼からあたしへの信頼の証だった。

千彰は自分の恋が叶わぬものだとわかっていた。子どものころから、彼は何度も苦しい恋を繰り返していた。

もう恋なんてしない。そう思っていたはずなのに、倫太郎のことを好きになってしまった。

そう告げた彼の表情が忘れられない。

自分の想いを決して告げようとしない、そのひたむきな恋を、あたしはそばで見守りたいと思った。月が綺麗ですねと、そんなまわりくどい愛の告白を知っているような彼に尊敬の念すら抱いていた。

　その純粋な恋心がうらやましかった。

「……ごめんね」

　千彰への気持ちが恋へと変わるのに、そう時間はかからなかった。

　あたしはずっと、彼との友情を裏切っていたのだ。

　千彰は言葉をなくし、床に座り込む。泣けばいいのか笑えばいいのか、それとも怒ればいいのか。感情のやり場を探す彼の頬に、あたしは手を伸ばした。

「ここに倫太郎がいるよ」

　両手で頬を包み込む。呆然と見上げる千彰に、あたしは唇を寄せた。

　どうにかして、彼の気持ちを手に入れたいと思う自分がいた。

　恋しい人に触れることすら叶わない千彰のかわりに、自分が倫太郎にさわればいいと思った。唇も、肌のぬくもりも、あたしを通して感じてくれればいいと思った。

　そんな愚かなことをしてしまうほど、あたしは千彰のことが好きだった。

　恋だの、愛だの、そんな気持ちに振り回される人にはなりたくなかった。母のように、いつも最後は捨てられるような恋をしたくなかった。ありもしない愛を求め続けるような人にはなりたくなかった。

けれど、思ってしまったのだ。彼の純粋な恋心の、ほんのひと匙だけでもいいから、それをあたしに向けてほしいと。

千彰の視線が倒れたキャンバスを探している。それを遮るように、あたしは唇を重ねた。

絵が完成したとき、そこに倫太郎の顔はない。

あの夜、月を見上げていたのはあたしだ。いずれ絵はその顔に変わるのだろう。千彰はそうして、いつも自分の気持ちを隠し続けているのだ。

偽物の恋でもいい。それでもあたしは、千彰の気持ちが欲しい。

「……千彰」

互いのことで頭がいっぱいで、あたしたちは近づく足音に気づかなかった。

扉が開き、身体を離したころにはもう遅かった。

「——お前ら、何してるんだ！」

あたしたちの秘密の居場所に、土足で踏み込む声があった。

○

美術室の扉を開けたのは学年主任だった。

まるで現行犯逮捕。授業に戻ることも叶わず、生徒指導室に連行された。

バレーボール一筋の体育教師だが、女子部員たちが噂していた美術部が如何ほどのものか興味を示したらしい。めったに人の訪れない美術室なら誰かと鉢合わせることもないだろうと、お互い油断したが故のバッティングだった。

古びたソファーの上、千彰とあたしは隣同士に座った。学年主任の鋭いまなざしは、頭髪服装検査のときよりも強い威圧感がある。

「場合によっては親御さんに連絡する必要もあると思うが、まずはふたりから話を聞こうと思う」

学年主任は脚を大きく開き、前のめりの姿勢で話しはじめる。両手を組み、どっしりと落ち着きのある姿勢を保っているが、美術室であたしたちを見たときはそれは激しく狼狽(ろうばい)していた。

「……まずは二人とも、身体は大丈夫か？」

倫太郎は美術部の顧問と担任の両方の意味で呼び出されていた。教え子の身体の心配をしてみせるが、一人がけのソファーに座って明らかに距離を置いている。唇は血も止まり、かさぶたになっていた。

「同意だったのか？」

「…………」

あたしたちは互いに口を閉ざすしかない。

無理強いではない。同意といえば同意だろう。

けれどそれを認めると、あたしたちは交際していることになる。

「先生たちも大ごとにしたいとは思っていない。ただ、佐倉は大会前の大事なときだ。お前達の返事によっては、不純異性交遊として対応しなきゃいけない」

「……同意です」

先に口を開いたのは千彰だった。

「違います。あたしが無理矢理――」

間髪を容れず否定するあたしに、彼が驚きの表情を浮かべる。再び口を開こうとする前に、あたしは声を重ねた。

「しかも未遂です。ただじゃれ合ってただけなので。そもそも、校則にはどこにも、校内で抱き合っちゃだめなんて書いてないですよね？」

「学校でそういうことをするのは不健全だろう」

「じゃあ、ホテルやどちらかの家でならいいっていうこと？」

高校生にもなれば、セックスを経験している生徒はたくさんいる。教師にばれていないだけで、学校のどこかで絡み合っているカップルも普通にいるはずだ。

千彰が口を挟む隙を与えず、あたしは学年主任につっかかる。倫太郎は黙ってやりとりを見守るだけ。その視線に居心地の悪さを感じ、あたしは振り払うように頭を振った。

「教師としては、生徒には健全な高校生活を送ってほしいと思っている。今日見たことは笑って済まされるものではない」

「学校だからって、どうして何でもかんでも縛られなきゃいけないの？　親がセックスしたからあたしも先生もいまここにいるんでしょう？」

「お前たちはまだ子どもだって言ってるんだ」

ただ一言、同意であると嘘をつけば丸くおさまる話かもしれない。千彰と付き合っていると言えば、そういうことは学校でやるなと叱られて終わるだけかもしれない。

けれど、その嘘で傷つく千彰を見たくない。

「学校はルールを学ぶ場所だ。いま、ここで校則というルールに従うことを覚えれば、社会に出てから必ず役に立つと思う」

「だからって、うまれつきの髪の色まで変えなきゃいけないの？」

学年主任が返答に詰まる。頭髪服装検査の戦い、再び。今度こそあたしは一歩も引かなかった。

「井口と佐倉は付き合っているわけではないんだろう？　それなのに身体の関係をもつのは不健全だと先生は思う。愛だの恋だのとは別に、身体にもリスクがあるということは言わなくてもわかっているだろう」

体育の教師は保健体育の座学も担っている。だからその言葉に下卑た響きは一切ない。その正論に、あたしは押し黙った。

「先生にも子どもがいる。子どもたちもいずれ大人になるだろうが、そのときは本当に好きな人と結ばれてほしいと思う。それは生徒たちも同じだ」

学年主任はうやむやにして終わらせるつもりはないらしい。余計なことを喋って、墓穴を掘ったのはあたしのほうだ。これではばじめから嘘をついていれば良かったのだ。

けれど何と言えばいい？　どうすれば教師は納得する？

千彰の秘密を知られるわけにはいかない。絶対に。

「……それとも、なにか先生たちに言えない事情でもあるのか？」

学年主任は一枚も二枚も上手だ。押して駄目なら引くことを知っている。ふいに話の流れが変わり、あたしは反抗する術を失った。

長い沈黙が、進路指導室に流れる。

「……先生、おれ」

おずおずと口を開く千彰を制したのは、ずっと存在を消していた倫太郎だった。

「佐倉。今日、ステージで見た森の絵はいつのものだ？」

「一年のときに描いたものです」

千彰の答えに、倫太郎は首を横に振る。違う、そうじゃない。その仕草のあと、言葉を付け足す。

「あれはいつの季節の絵だったんだ？」

みな、その言葉を理解するのに時間がかかった。

千彰も戸惑った表情を浮かべ、ややあってから、どんぐり眼をさらに大きく見開く。

「あれは夏の絵です。真夏の、蟬が鳴いている森の絵です」

「そうか、あれは夏だったんだな」

嚙みしめるように、倫太郎が言う。学年主任が戸惑いを隠せないように彼の名前を呼んだ。

「俺には、あの絵に描かれた木の色がわからない。夏なのか秋なのか、それとも春なのか、ずっとわからないけど、必死にわかるような顔をしていた」

木々の葉も幹も、すべてが同じ茶色に見える。その告白に、あたしは彼の部屋のことを思い出した。

焦げ茶色のシーツ。紺色のカーテン。倫太郎の部屋はいつも暗い色でそろっていた。

彼はいつも似たような色のネクタイばかり締めている。それはずぼらなわけではなく、自信を持って選べる色が限られているからかもしれない。

だから彼は今朝、あたしのネクタイを間違って持って行こうとしたのだ。

彼はネクタイの本当の色がわかっていない。

「これがあっても学校の先生にはなれるからな。信号の色がわからなくても、光る場所がわかれば車の免許もとれる。気づかなかっただろう、実際」

倫太郎とは多くの時間を過ごしているが、そんな片鱗はみじんも感じさせなかった。同僚でも知っている人はいないのだろう、学年主任も初耳だという表情をしている。

「俺、子どものころは絵を描くのが好きだったんだよ。クレヨンで画用紙いっぱいに絵を描くんだ。でも、ある日友達に言われた。なんで木が全部茶色いのって」

倫太郎はあたしのコンプレックスを受け入れていたのではない。髪の色の細かな違いも、彼には同じものに見えているのだろう。

けれど彼は自分なりに足りないものを想像して、あたしの居場所を作ってくれていたのだ。

「誰だって秘密のひとつやふたつ抱えてる。同じものを見ているはずでも、自分と相手とでは世界が違っているかもしれない。だから佐倉も井口も、無理にまわりに合わせようとしなくていいし、人に言いたくないことは言わなくてもいいんだ」

何も言えないあたしたちに、彼が「でもな」と続ける。

「内緒にしてるのも案外辛いもんだ。だから、抱えきれなくなったら俺でも誰でも、信頼できるやつを頼れ。自分で自分を傷つける前に、俺たち大人に気持ちをぶつければいい。それが、お前たち子どもに許された特権だよ」

倫太郎は、あたしの気持ちが嘘であると、ずっと前から気づいていたのだろう。うわべだけの言葉で愛をささやき、心のこもっていない求愛をして、それで気持ちが伝わるわけがない。

偽る気持ちを知っているからこそ、彼は人の嘘に敏感だ。

「……そういうわけで、主任、今回は痛み分けってことにしませんか。僕はこれ以上、この子たちの秘密を暴くようなことをしたくないんです」

そしてそれを、許すことも知っていた。

「井口は佐倉の絵のモデルになっていた。だからってあれはやりすぎだと思うが……そうだよな、お前ら？」

その有無を言わさぬ勢いに、あたしたちは首を縦に振っていた。

「しかし、筧先生」

「いつか僕たちに話してくれる日が来るまで辛抱強く待ちましょう。大丈夫、ふたりが考えなしにあんなことをしたわけじゃないっていうのは、担任の僕がよくわかっていますから」

今度うまい酒おごりますから、ね。そう言って学年主任をまるめ込む倫太郎は、学校という場で彼が作っているよそいきの顔だった。

倫太郎の素の姿を知っているあたしたちは、彼の特別なのかもしれない。

○

全道大会に進んだ千彰の絵が、全国への切符を摑むことはなかった。

大会が終われば三年生は引退する。新しい部長に千彰が選ばれたが、彼は以前から同じようなことをやっていたため、とくに戸惑う様子もなく後輩に絵の指導をしていた。

部活の合間に、千彰は新しい絵の制作をはじめている。倫太郎が部室の鍵を正しく管理するようになり、生徒が遅くまで残るときは美術室で付き合うようになった。また同じようなことが起きないようにとやいやい言ってくる学年主任と倫太郎とがつけた折り合いだった。

三人の秘密の居場所は、いまも続いている。

「井口もいいかげん入部届出せよ。受験のとき内申書に書けることがあるとないとじゃ、けっこう違うんだぞ」

「やだよ。あたし、絵、下手だもん」

「別に絵を描くだけが部活じゃないだろ」

あれだけのことが起きたのに、いまも三人で同じ時間を過ごす。変わったことといえば、あたしが倫太郎の家に行かなくなったことくらいだ。おそらく、合鍵の場所も変わっていることだろう。

季節はさらにすすみ、日の落ちる時間が早くなっていた。月が出るのも早く、あたしはそれを利用して千彰の絵にモデルとしてつきそっている。

あの日描いた下絵を知るのはあたしだけ。そしてキャンバスに描かれているのは、長い髪を風に揺らす人物画。彼はその絵に納得しているのだろうかと不安に思うときもあるが、その筆には迷いがなかった。

明かりを消した教室で、倫太郎がいつの間にか眠っていた。起こさないように、あたしたちは声を潜めて話す。

「ねえ、全道大会は一緒のホテルだったんでしょ？　本当に何もなかったの？」

「井口もしつこいな。同じ部屋っていってもベッドは別々だよ。倫太郎はビール飲んでさっさと寝ちゃうし」

どうやら旅先でも彼の日課は変わらなかったらしい。

「……まあ、隙あらばキスの一つや二つしてやろうと思ったけど、あの寝顔見てたらそんな気もなくなっていくよな」

月明かりをかすかに浴びる寝顔はあまりにも安らかで、まるで赤ん坊を見ているかのような気持ちになる。

「来年から、放課後も予備校に通うようになるからさ。大会は力を抜いて好きな絵を描こうと思って」

「必要とあらばいつでも脱ぐから、言って」

「もう一生分見させていただきました。腹一杯です」

パレットの上で混ぜた絵の具を、彼は丁寧にキャンバスに載せていく。空を見上げる人物の髪の色。月の色に染まったそれは、毛先にいけばいくほど輝きを増している。

「……その絵って、誰がモデルなの？」

「井口に決まってんじゃん。何言ってんのさ」

「だってあたし、もっと胸あるって知ってるでしょ？」

人物画は一糸まとわぬ裸体だった。けれどそこには乳房も男性器もない。これから服を着せるのかもしれない。彼も考えながら描いているようだ。

「好きなように描くって決めたんだ。だからいまは、このままでいいんだよ」

キャンバスを見つめる瞳は真摯に絵と向き合っている。モデルはあたしであるはずなのに、そのまなざしを向けられる人物に嫉妬してしまう自分がいた。

「……ああでも、タイトルはもう決めてるんだよ」

「そうなの？」

「思いついたときからずっと決まってたんだ。きっとこの絵なら、倫太郎も迷うことはないだろうから」

森の木々は季節によって色を変えるが、月は一年を通して同じ空に浮かんでいる。夜でも、真昼でも、いつも空に浮かんでいる。

見る時間、場所によって変わるもの。けれど必ず空の上にあり続けるもの。

月の表情はひとつではない。それはあたしたちも同じだろう。

「で？　どんなタイトル？」

あたしの問いに、千彰が吐息に微笑みを混ぜて言う。

月が綺麗ですね。

それは、夜空に浮かぶ月を指しているのか、それとも。

あたしに向けられた言葉ではない。この絵の本当のモデル、その人に向けられたI love

you.

それでも、自分に向けられたと思いたい自分がいる。こぼれそうになる涙をこらえ、あたしは空を仰いだ。

夜空に月が浮かんでいる。まるで空に穴をあけたような、まるい月だった。

「……月が綺麗だね」

あたしの言葉に、千彰は静かに口を開く。

「手が届かないからこそ綺麗なんだよ」

その優しい言葉の余韻を味わいながら、あたしはただただ、月を見上げていた。

4 みけねこをみつけて

オクラホマミクサーの音楽が流れると、私たちは自然と手を取り合っていた。

男女ペアで手をつないで踊るフォークダンス。見下ろす校庭では、先ほどまで陽気にジェンガを踊っていたはずの生徒が隅にはけていた。キャンプファイヤーを囲んで踊るのはカップルばかりで、初々しい表情を浮かべて踊るペアもいれば、手を握るのも慣れ息ぴったりに踊るペアもいる。

私たちもステップを踏むが、足取りはぎこちない。体育の授業で練習したはずだが、素足ではリノリウムの床をうまく蹴ることができなかった。

「……ごめん」

足を踏んでしまい、ダンスが止まる。バランスを崩したところを抱き留めると、すぐそばに彼女の顔があった。

教室から後夜祭の様子を見守っていた私たちは、ほとんど言葉を交わしていなかった。ただ隣に並ぶだけで、かすかに伝わるぬくもりを感じるだけで、気持ちが満たされていた。

身体を離そうとすると、彼女の両手が頰を包み込む。手首につけたコロンは同じユニセックスのものだが、彼女がつけると甘みを増すように感じる。その香りに手のひらを重ねると、すっぽりと収まってしまうほど小さな手をしていた。

キャンプファイヤーの明かりが、彼女の頰を赤く照らしている。普段は化粧をしていないが、私がプレゼントしたグロスは特別な日に使っているようだ。

そのぽってりとした唇に吸い込まれそうになる。何度も重ねた唇。自分のものにしたいと願っても、決して手に入らない唇。

その小さな手も、やわらかな唇も、甘い肌の香りも、私は持っていない。

「……綺麗だよ、陸（りく）」

彼女はそんな私を、綺麗だと言ってくれる。

模擬店で私のために作られたのは白いカクテルドレスだった。安物のサテンも店内の薄暗い照明ではシルクのように見え、シンプルだが計算されたドレープが足りない女性らしさを補っていた。

はじめてそれを見たときは心が躍ったが、私はどうしても袖を通すことができなかった。衣装係が徹夜で作ったのは知っていても、黒いスーツで身を固めて学校祭での時間を過ごしていた。

後夜祭。誰もいなくなった教室で、ドレスを着せてくれたのは彼女だった。

「一花（いちか）」

名前を呼ぶと、彼女はすこし背伸びをして唇を寄せる。いつのまにこんなに身長差ができてしまったのだろう。私は背をかがめてそれに応えた。

キスの瞬間、いつも一花はふるえている。唇でそれを感じると、抱きしめたいと思う。その衝動をこらえて、私は彼女の肩に手を乗せた。

一花を壊してしまいそうで怖かった。

爪を立てれば裂けて血がにじんでしまいそうな肌。すこし力をこめれば折れてしまいそうな手首。抱きしめれば息を止めてしまいそうな華奢な背中。どこか弱くて繊細な、私だけの宝物。

「……陸？」

無垢な表情で見上げるその唇を、私は乱暴に塞いだ。

細い腰を抱き寄せ、舌をねじ込む。驚いて逃げようとするうなじを押さえると、簡単に手折ってしまえそうなほど細かった。

いくら綺麗なドレスを着ても、ウィッグで髪を伸ばしても、化粧でやわらかな表情をつくっても、私の身体は彼女のそれに到底敵わない。

息が詰まるほど抱きしめたい。その肌に爪を立てて引き裂きたい。頭からバリバリと噛み砕いて、自分の中におさめれば彼女のようになれるだろうか。

私は彼女に、嫉妬している。

「……陸？」

唇を離すと、一花は不安そうな瞳で私を見上げていた。

どうしたの。その唇がささやく。吸いすぎて充血した唇は痛々しく、私を案じる言葉ばかりを乗せることに胸がちくりと痛む。

「泣いてるの？」

あふれそうになる涙を、まぶたを閉じてこらえる。けれど抑えきれなかったひとしずくを、彼女の細い指先が拭った。

あれほど乱暴に扱ったのに、一花は私を抱きしめた。子どもをあやすように、背中をぽんぽんと叩く。私は彼女の首筋に顔を埋め、その甘い香りを胸いっぱいに吸い込んだ。

大丈夫。大丈夫だよ。そうささやく声。子どもの頃から何度も聞いた、お姉さんっぽく振る舞う一花の声。

私は彼女になれない。

窓の隙間から、フォークダンスのメロディが聞こえる。何度も繰り返される曲。これが終わるまでは、誰も戻ってこない。

あと、もうすこし。この時間が終わるまで。

私がスカートを穿くのはこれで最後にするから。

○

秋休みが明けて二学期が始まると、高校生活も折り返し地点を過ぎた。

前期は学校祭に打ち込み、後期には高校生活最大のイベントである修学旅行が待っている。滅多に行くことのできない本州にクラスの空気が浮き足立っているが、それに釘を刺すように進路希望調査の紙が配られた。

俺たちはもう、卒業後の進路について真剣に考えはじめる時期にきていた。

「陸がこんな時間まで残ってるの珍しいな」

教室の窓からぼんやりと校庭を眺めていると、佐倉千彰に肩を叩かれた。

「愛しの彼女はどうしたんだよ。喧嘩でもしたのか？」

「違うって。三者面談終わるの待ってるだけ」

「そっか、今日は蓮見の番だったっけ」

部活に所属していない俺は、授業が終わるといつもそそくさと帰宅していた。放課後の教室に残ることは数えるほどしかなく、グラウンドから聞こえる運動部の声が耳慣れない。音楽室からは吹奏楽部の曲が聞こえ、授業中とは雰囲気を変える校舎が新鮮だった。

二学期のはじめに配られた進路希望調査の結果をもとに三者面談がはじまったが、一日に二、三組というペースのためクラス全員が終わるまでに時間がかかる。俺は早々に終わっていたが、一花は家族の都合がつかず後半の組になってしまっていた。

「終わるの待ってるなんて、相も変わらずラブラブなんだな」

茶化す千彰に、俺は余裕ぶって微笑んでみせる。一花と正式に付き合いはじめたのは最近のことなのだが、幼なじみの俺たちは四六時中一緒にいたため、ずっとカップルだと思われていたのだった。

「三者面談、無事に終わるといいな。おれなんて倫太郎の前で親子喧嘩しちゃってさ、あの気まずそうな顔が忘れられないよ」

三者面談の前に、担任の筧倫太郎からは「進路について家族でしっかりと話し合っておくように」と言われていた。例年、面談中に親子の意見が食い違い喧嘩に発展することがあり、担任はなだめるので大変らしい。俺のときは何のトラブルもなく終わっていた。

「千彰の進路は美大って決めてるんだろ？　なんで喧嘩なんてするんだよ」

「だっておれ、落ちたら浪人せずに就職しようと思ってるからさ」

さもありなん、と言わんばかりの表情を浮かべ、彼は俺の前の席に座った。

「美大の現役合格ってそうとう難しいって聞いてるけど」

「一浪二浪は当たり前だからな。全国大会に行って推薦来るの狙ってたけど、やっぱりうちみたいな弱小じゃ無理だったんだよ」

千彰が大会用に描いた絵を俺は見たことがない。けれど全道大会でも金賞をとるなど成績は耳にしているため、彼の絵が上手いことだけは知っていた。

「妹がいるから親に負担かけたくないんだ。中途半端な専門学校に行くくらいなら、働きながら挑戦するほうがケツ叩かれてる感じあるじゃん」

「……千彰はやりたいことが決まってていいよな」

ぽつりとこぼした俺に、彼はどんぐり眼をぱちくりと瞬く。

「陸は進学だろ？　第一志望は？」

俺が調査票に書いたのは、自分の成績で十分に狙える四年制大学だった。私立と国公立をまぜた第三志望まで挙げると、千彰が小さく口笛を吹く。

「いつも成績いいもんな。陸ならもっと上の高校行けたはずなのに、なんでうちなんか受験したんだよ」

「……女子の制服がかわいかったから？」

「しょーもない理由」

「それはお前に言われたくない」

千彰は中学のときに、全寮制の美術高校から声がかかったらしい。けれどそれを「家から近い学校がいい」という理由で一蹴したのだから驚きだ。

「蓮見はどうするって言ってんの？」

「まだ決めてないって、それだけ。進学はするだろうけど」

「それなら、ふたりで同じ大学行けばいいんじゃない？」

軽い口調で言う千彰を、俺はじろりと睨む。けれど彼は怯むことなく、頬杖をつきながら校庭を眺めていた。

「高校じゃないんだから、進路をそんな理由で決められないだろ」

「そうか？　おれは、一緒にいたいからって理由でもいいと思うけどな。お前ら見てたら、好きな人と一緒にいられるのって奇跡みたいだなって思うし」

高校に入ってから仲良くなった千彰だが、二年になったいまも彼女ができる気配はない。井口とふたりでいるのを見かけるが、訊ねれば「あいつはただの友達だよ」と言うだけだ。

「マンションの隣同士の部屋で、ずっと一緒なんだろ？　保育所も小学校も中学校も高校も、いまもこれからも、ずっと一緒にいたいって思ってるんじゃないの？」

「……それは、そうだけど」

当たり前のように、一花は俺の隣にいた。彼女が隣からいなくなる日が想像できない。

一花がいなかったら俺は今頃、どんな生活をおくっていたのだろう。

中学時代、俺たちの制服はそれぞれネクタイとリボンと決まっていた。リボンはゴム紐の長さを調節することができたが、男子は襟の間に引っかけるワンタッチ式だった。女子のように着崩すこともできず、俺は毎日わざとそれを忘れて登校していた。

やがて高校受験が近づいたとき、俺は私服の学校を第一志望にしていた。けれど職員室に呼び出され、お前ならもっと上のレベルに行けると説得された。名門高校の制服は学ランやブレザーなどさまざまだったが、女子はすべてブレザーだった。

そのころには、俺は毎日一花の部屋に入り浸るようになっていた。長い月日をかけて集めたお気に入りの品々をすべて彼女の部屋に移し、見よう見まねで覚えた化粧を一花に施した。クローゼットをあさり、人形のように彼女を着飾らせるのが楽しかった。

けれど最初はまだ、俺は男の姿でいることが多かった。

女の子らしいものに囲まれるだけで満足だった。同じマンションの同じ間取りの部屋で、一花と俺はまったく同じ部屋に住んでいた。彼女の部屋にある大半は自分の荷物だったはずだが、一花が持っているというだけで、何倍も華やかに見える気がした。

『陸、高校に行かないって本当？』

志望校で揉めに揉め、俺はついに進学しないと叫ぶほど自暴自棄になっていた。

『行きたくない理由、私にも話せない？』

『…………』

着飾らせた一花とは対照的に、俺は制服のままテディベアを抱いてだんまりを決め込む。

『私、陸と同じ高校に行きたいな』

彼女も同じ気持ちなのだと知り、それですこしはりつめていた気持ちが緩んだ。

『……ネクタイがいやなんだ』

『ネクタイ？』

『俺も一花と同じがいい』

男子がリボンなんてつけられるわけがない。わかっているが、中学で重ねた我慢を高校でも続けられる自信がなかった。

『じゃあ、私もネクタイにするよ』

勇気を振り絞って打ち明けたつもりだったが、一花はあっけらかんとそう言った。

『同じリボンはつけられないけど、同じネクタイならできる学校たくさんあるよ。私もちょっと憧れだったんだ、ネクタイの制服』

うきうきとした様子で、一花は高校入試の雑誌を広げた。市内の学校の制服が特集されており、やれどこがかわいいだの、どこがかっこいいだの、まるでティーン誌を見るようにあれこれ喋っている。

俺は無言でそれを見ていた。男女ともネクタイの学校はそれなりにあるが、結局は次の三年間も今と同じ格好をして過ごすということだ。中学のように、ネクタイを忘れましたでは済まされない日がたくさんあるだろう。

誌面を穴が開いてしまいそうなほど睨みつけていた俺の首に、気づけば一花がなにかをかけていた。

なに？　と聞く前に、首元でぱちんと留める音がする。

『やだ、陸、似合う』

彼女は俺の首に制服のリボンをつけていた。

『卒業したら、このリボン陸にあげるね。私の部屋では自由につけていいから。ここでは好きな格好していいんだよ』

『一花……』

『だから、高校は同じネクタイにしようよ。おそろいだから、ね？』

一花は彼女なりに、俺を励ます方法を考えていたのだろう。緊張でぎこちなくひきつる笑みを見て、俺は一花と同じ学校に行くことを決め、そして今に至る。

「――それでね、面談のときに倫太郎がいろいろ相談に乗ってくれたんだ」

三者面談が終わると、一花は俺の部屋に遊びに来た。帰り道は彼女の母も一緒だったが、「陸の部屋に寄ってくね」と言えばそれで許されるような家族ぐるみの付き合いだった。

ベッドに腰掛け鞄の中をあさる一花を、俺は後ろから抱きしめる。スカートの上から太ももを撫でると、彼女の手が厳しくつねった。

「もう、ちゃんと話聞いてってば」

一花は鞄の中からたくさんのパンフレットを取り出した。進路が決まっていない彼女のために、倫太郎がいろいろそろえてくれたらしい。専門学校や各種大学、中には留学に関する資料まである。生徒の可能性を最大限広げようとしているのが見て取れた。

それをぱらぱらとめくり、俺は手を止める。

「来週、ここのオープンキャンパスがあるんだって。一緒に行こう？」

それは美容に関する専門学校だった。

美容師の資格をとれるヘアメイクコースをはじめ、ネイルアートやコーディネート、モデル学科など美容に関することを総合的に集めた学校だ。姉妹校に服飾学校があり、卒業後にそちらに入り直してさらに勉強を深める人もいるらしい。

存在は知っていたが、進路希望調査にはその名前を書いていなかった。

「陸、本当はこっちの学校に行きたいんでしょ？」

俺は美容師やメイクの仕事に興味がある。さすが長年一緒に過ごした仲、彼女はその気持ちを見抜いていた。

普段の自分は、美容にも特別興味のない男子高校生として過ごしている。放課後にいつも女の格好をしていたことも、毎日メイク動画で研究していたことも、メーカーごとにコスメの品番をすべて暗記していることも、一花以外知る人はいない。

だからこそ、三者面談でその道に進みたいと言うことができなかった。

「私が一緒なら大丈夫だよ。彼女のつきそいって言えば誰も変に思わないし。美容の学校、何カ所か見学してみよう？」

「でもそうしたら、一花が行きたいんだって思われるよ」

「いいの。私はやりたいこと決まってないから。陸を見てると、ヘアメイクもお洒落ももっと上手になりたいって思うしね」

思わず、抱きしめる腕に力がこもる。何も浮かばなかった進路に、急に一筋の光が差し込んだようだった。

一花と専門学校に行けば、堂々とヘアメイクの勉強ができる。男性の美容師は何ら珍しくない。ただ惰性で四年制の大学に行くよりも建設的だと思う。

唇を寄せると、彼女は素直にキスを返した。顔を離すとすこし照れ臭そうに微笑んでみせる。それがたまらなく可愛くて、さらに強く抱きしめた。

一花はいつも俺のことを尊重してくれる。

これからも、彼女とはずっと一緒にいるのだろう。

○

「遠野(とおの)くん、ひとり？」

オープンキャンパスの会場に現れた俺を見て、同じクラスの井口ヒカルが目を丸くした。

「蓮見さんは？　一緒にまわろうと思って楽しみにしてたのに」

ヒエラルキーの高いグループに位置する井口だが、一花はいつの間にか彼女と仲良くなっていたらしい。オープンキャンパスは制服で行く生徒も多いが、井口は上から下まで私服で決めていた。まとめ髪が華奢なうなじをのぞかせ、いつもと違う姿が新鮮だ。

「一花、今朝から熱出しちゃったんだよ」

「それは残念。最近、風邪流行ってるらしいね」

日増しに寒くなり、季節の変わり目で体調を崩しやすい時期だった。前の晩に裸でいたため、身体を冷やしてしまったのかもしれない。熱で朦朧とする頭のまま出かけようとする彼女を寝かせ、俺はひとりで専門学校行きの地下鉄に乗ったのだった。

「遠野くんって蓮見さんの付き添いでしょ？　わざわざひとりで来たの？」

「一花が一番楽しみにしてた学校がここなんだよ。俺が見ておけば、あとで教えてあげられるじゃん？」

「さすが。蓮見さん、愛されてるね」

本当は俺も行くのをやめようとしたのだが、一花に無理矢理送り出されてしまったとは言えない。受付で手続きを終えると、俺たちは校内の案内図を広げた。自然とふたりでまわることになってしまったが、ひとりは心細かったため安堵する自分がいる。

「遠野くん、蓮見さんはどのコースに行きたがってるの？」

「……ヘアメイクかな」

「じゃあ先にそこ行ってみようか」

オープンキャンパスでは、各学科それぞれで体験できるイベントがある。ネイルなど人気の体験は早々に定員に達してしまい、次の時間を待つしかないようだ。

「井口は見たいところないの？」

「あたしもヘアメイクが気になってたから。来週は隣の服飾学校のオープンキャンパスがあるから、そっちも行ってみようと思ってるけど」

普段から身なりに妥協を許さない彼女には、美容に関する仕事は天職だろう。学校祭の模擬店では男子の身体に合わせたドレスを作ってみせたため、服飾の道も向いていそうだ。ヘアメイク学科の扉をくぐると、教室にはマネキンの頭部がずらりと並んでいた。

同じ顔、同じ髪型をしたマネキンが並ぶ光景は正直、異様だ。けれどこの学校に通う学生にはいつもの風景なのだろう。オープンキャンパスの説明は講師が行うが、学生もアシスタントで参加しているらしい。見学者は数人のグループに分けられ、俺と井口は同じ班になった。

「本日はオープンキャンパスにお越しいただきありがとうございます。実際の授業の様子を体験してもらいたいので、ヘアメイクコースではマネキンを使ってカットの練習をします。サポートにつくのは今年の一学年なので、みなさんも入学したらいずれこんなこともしますからしっかり教えてもらってください」

講師の説明に、学生へのプレッシャーが込められている。アシスタントたちはそれに苦笑するが、雰囲気は決して悪くない。専門学校一年生、つまりその大半が十代であり、講師よりも俺たちのほうが年が近かった。

「この班の担当をします三宅（みやけ）です。ミケって呼んでくださいね」

俺たちの班には何人かのアシスタントがつき、三宅と名乗った学生がリーダーのようだった。高い背と、それを際立たせるかのような長い髪。三宅――ミケさんが、鋏の持ち方など説明をはじめる。

カットの練習といっても、髪の毛の基礎知識すら知らない俺たちにはブロッキングも満足にできない。主にミケさんが髪を整え、切り方を教える。それでも見学者にとって貴重な機会であり、みな頰を上気させながら髪に鋏を入れていた。

俺もミケさんから鋏を受け取り、見よう見まねで切っていく。いつも一花の髪をいじっていたはずだが、緊張で手のひらに汗がにじんだ。

「遠野くんだっけ。どこの高校からきたの？」

緊張のあまり息を止めそうになる俺に、ミケさんがリラックスさせようと話しかける。腰まで届く長い髪を揺らし、見下ろす表情は年上のお姉さんといった雰囲気だ。

「今年の学祭でオネエ喫茶やったところじゃない！」

俺と井口が伝えた高校名を聞いて、ミケさんは素っ頓狂な声を出した。

「知ってるんですか？」

「うちの学校、そこの卒業生がいるのよ。完成度高かったって、アタシたちの中じゃ有名なのよ」

「それは……嬉しいです」

賞賛の言葉に、頬を赤らめたのは井口だ。それにミケさんが猫のような目をまんまるに見開く。

「もしかしてあなたたちのクラス？」

肯定すると、同じ班のアシスタントも反応した。ほかの体験者に教えながらも、俺たちの会話に耳をそばだてている。

「ヘアメイクって誰が担当したの？」

「あ……あたしです」

順番がまわり、鋏を受け取った井口がはにかんだ声で言う。ミケさんは教えるのもそっちのけで学校祭の話を聞きたがった。

「衣装から全部手作りしたんだって？　男子の体型に合わせるのって大変でしょ」

「そうなんです。だからあたし、服飾の学校にも興味があって……」

「隣の学校もいいわよ。学園祭は合同でやるんだけど、学生同士協力してファッションショーをするの。興味があったら見においでよ」

井口は肩に力が入った状態で鋏を握っている。いつのまにかまとめた髪が崩れていて、それにミケさんが気づいた。

「髪、崩れちゃってる。直してあげようか？」

「いいんですか？」

井口の番が終わると、ミケさんは彼女を椅子に座らせた。髪はお団子にしていたが、ゆるふわ感を出すために引き出した毛束がほつれてばらばらになってしまったのだ。ミケさんはピンを外し、土台のポニーテールの状態に戻した。

「綺麗な髪ね。染めたばっかり？」

「……これ、地毛で」

「本当に？　いいなあ、綺麗な色！」

その反応に、井口が見たことのない表情をする。

「でも、黒く染めろって言われることが多くて」

「学生のうちは言われるかもしれないけど、大人になったらうらやましがられるわよ。カラーするとどうしても傷んじゃうから、染めなくてもこの色が出るのはうらやましいわ」

ミケさんの言葉に、井口が唇を引き結んだり緩めたりを繰り返している。変な表情をしていると思ったが、やがて俺は気づいた。彼女は髪を褒められることに慣れていないのだ。

「うちは入学したらみんなすごい色に染めるのよ。でも、あなたの髪はこのままがいいわ。素敵な個性なんだから大切にしてね」

井口が夏休み明けの頭髪服装検査で揉めたのは知っているが、髪の色で悩んでいることを俺ははじめて知った。いつも学校ではそんなそぶりを見せていなかったからだ。ミケさんは井口の髪をひととおり愛でたあと、思い出したようにヘアゴムを手に取った。

「お団子はね、ルーズ感を出したくてゆるくまとめてしまいがちだけど、最初はきつく巻いておいたほうがいいのよ」

　結んだ髪を二つの束に分け、ミケさんはツイストドーナツを作る要領で編み上げていく。そして土台のヘアゴムに巻き付ける際も、隙間なくきつくまとめてしまう。そうするとお団子は必然的に小さくなり、どこぞの国の武人のようになってしまいがちだ。

　いつの間にか講師が近づいてきて、ミケさんの手際を眺めていた。けれど本人は髪をいじるのに夢中で気づいていない。

「ヘアピンは頭皮に向かって垂直に刺すの。お団子をすくいながら土台のゴムに差し込んでちゃんと留めれば……ほら、ピン二本でもぐらぐらしないのよ」

　机の上には使われなかったヘアピンが残っている。俺も一花の髪で練習したことがあるが、いつもたくさんのピンを使ってしまっていた。井口は自分でもそれに触れ、すごい、と呟く。

「土台をしっかり作ってしまいさえすれば、髪を引き出しても崩れないわ。今度自分でもやってみてね」

結んだ髪を適度に崩し、仕上がったまとめ髪は井口が自分で結んだときよりも安定感がある。講師のほかにも手の空いたアシスタントたちが集まっており、その視線に気づいたミケさんが「きゃっ」と悲鳴をあげ、教室が笑いに包まれた。

体験イベントのあとはほかの学科も見てまわった。学校紹介のオリエンテーションも参加したはずだが、その話はまったく耳に入って来なかった。

三宅さんのことがずっと、頭に残っていた。

眠る一花の額に手を乗せると、彼女はうらうらとまぶたを開いた。

「……陸、オープンキャンパスは？」

「もう終わったよ。いま帰ってきたところ」

寝起きで頭がぼんやりしているらしい、彼女の瞳が俺を見つめる。熱に浮かされ赤くなった目が、どこかうさぎに似ていた。

「まだ熱あるな。飲みものとゼリー買ってきたけど、食べる？」

「ありがとう。喉からから」

身体を起こし、ペットボトルを飲み干す首筋にはじっとりと汗が浮かんでいる。湿ったパジャマが張りつき気持ち悪そうだ。俺は彼女がゼリーを食べている間に新しいパジャマを用意した。

この部屋のクローゼットの中身は熟知している。肌触りのやわらかな綿のパジャマと下着をそろえ、蒸しタオルを作っておく。病院にも行かず一日中寝ていたらしいが、熱も峠を越したようだった。

「パジャマ出したから着替えな」

「……動くの、しんどい」

「汗で冷えるだろ。ほら、身体拭いてやるから」

パジャマを脱がせると一花は素直に従った。熱で体力を消耗しているのだろう、タオルで身体を拭いてもされるがままになっている。

白い肌には玉のような汗が浮いていた。胸の谷間を流れる汗を拭うと、蒸しタオルのぬくもりが心地よいのか目を細める。髪も洗ってあげたいが、お風呂に入れるようになるのはもう少し先だ。

いつもさわり倒している身体だが、こうしてまじまじと見つめたことはない。男女の仲になってから、胸がすこし大きくなったような気がする。

「今日、一緒に行けなくてごめんね」

「いいよ。井口に会って一緒にまわったから」

「そっか、ひとりじゃなかったんだね」

よかった、と力なく微笑む彼女にTシャツを着せる。下半身も拭こうとしたがそれは断られた。一花が背を向けて着替えている間に、俺は専門学校のカリキュラムなどをかいつまんで説明する。

ショーツを脱ぎ、くぐらせる足首はとても細い。Tシャツの裾から見え隠れするお尻は丸く、つい目で追ってしまう自分を恨めしく思う。

「井口さんもその学校に行こうと思ってるの？」

「いや、服飾にも興味あるって言ってた。ほかにうちの学校のやつはいなかったな」

「それなら陸が入学しても大丈夫だね」

「まだ行くとは決めてないけどな」

けれど、興味があるのはたしかだ。いつもは髪を結んだり巻いたりするだけだったが、鋏で整えるのは恐ろしくもあり楽しくもあった。あの学校では美容師免許のほか、メイクの検定を受けるなどヘアメイクを総合的に学ぶことができるらしい。

俺が美容師になれば、一花のことをもっと綺麗にできるかもしれない。汗で湿った髪に指を通すと、ふいに彼女が振り向いた。

「陸は脱がないの？」

「病人を襲わないって」

「そうじゃなくて、着替えないの？」

パジャマのズボンを穿き、着替えを終えた一花が首をかしげる。俺は開けっぱなしのクローゼットを閉め、彼女をベッドに寝かせた。

「お化粧、しないの？」

「しないよ」

「なんでやめちゃったの？」

眠くてぐずる子どものように、一花が布団の中から訊ねる。

後夜祭のあの日から、俺は女装をやめた。

「服、たくさん残ってるよ。今日はみんな帰り遅いし、誰にも見つからないよ？」

「いいんだ」

「どうして？」

「俺はもういいんだよ」

寝かしつけるように、胸をとんとんと叩く。まだ身体がだるいのか、彼女も食い下がることができない。

「俺は一花がいたらそれでいいんだ」

俺がこの部屋に来る回数も減った。一花とベッドで眠るのは自分の部屋でと決めている。柔らかな色合いのベッドカバーや、カーテンや、ぬいぐるみに囲まれて、彼女に触れるのは違うと思った。

布団の上からかすかに感じる胸。そのやわらかな乳房。口に含むと甘い声をあげる乳首。それをここで聞くのは嫌だと思う自分がいる。

もう女の服は着ない。そう決めたはずが、クローゼットの中身を捨てることができない。

やがてまどろみはじめた唇に、俺はそっと口づけをした。

一花に話せなかったことがある。専門学校で出会った、三宅さんのことだった。

もう一度、あの人と会って話がしてみたい。

○

一花の風邪が治ったと思ったら、今度は俺が熱を出す番だった。

彼女からうつったのは明らかだ。休日に治した一花と違い、俺は早々に学校を休んだ。看病をしてくれる人もおらず、ひとりで近所の病院を受診するしかない。

小児科も併設しているクリニックは、待合室にたくさんの子どもがいた。母の膝の上に大人しく抱かれている子どもはひとにぎりで、みな元気に走りまわっている。甲高い叫び声が頭に響き、本当に体調が悪いのかと疑ってしまいそうだった。

「……大丈夫ですか？」

熱で頭が朦朧とする。看護師に声をかけられたと思ったが、俺をのぞき込んでいたのはひとりの男性だった。

「場所を空けるので、すこし横になったほうが……」

「いえ、大丈夫です」

マスクをしているところを見ると、彼も風邪なのだろう。中途半端に伸ばした髪をひとつに結び、ラフなスウェットは丈が足りないのか足首がはみ出している。俺が顔を上げると、形のいい眉がぴくりと動いた。

「もしかして」

「え？」

「いや、なんでもないです」

首を横に振る彼。マスクで顔がよくわからないが、その目元に見覚えがある。熱で焦点の合わない瞳で見ていると、待合室に看護師の声が響いた。

「三宅さん、三宅篤彦(あつひこ)さん、診察室にどうぞ」

隣の彼が立ち上がる。去っていく足音を聞きながら、俺はふと思い至った。

「……ミケさん？」

その呟きが聞こえたらしい。彼――ミケさんは振り向くと、瞳を細めて苦笑した。

俺が診察を終えると、待合室にミケさんの姿はなかった。

会計で処方箋を受け取り、近くの調剤薬局に行くととても混んでいた。処方箋と引きかえに番号札を渡されたが、モニターに表示される数字はまだまだ若い。長丁場を覚悟していると、後ろから肩を叩かれた。

振り向くと、ミケさんがいた。

「遠野くんだよね。オープンキャンパスの」

うなずくと、彼は観念したように眉尻を下げる。ウォーターサーバーの水が入った紙コップを手渡され、ふたりで長椅子に座った。

マスクをずり下げて紙コップに口をつける横顔。上下する喉仏。俺の視線に気づいて、ミケさんが手のひらで顔を隠す。

「すっぴん見られちゃって恥ずかしいわ」

すみませんと謝り、俺は視線を外す。それに彼は小さく笑った。

「まさかこんなところで会うとはね」

「すみません、気づいちゃって」

「いいよ、先に声かけたのはこっちだし」

スウェット姿のミケさんは低く掠れた声をしていた。風邪のせいもあるだろうが、学校では女性らしい声を作っていたのだ。熱で体力を消耗しているときに、声まで気にすることはできないのかもしれない。

ミケさんは男性だ。そのことには、オープンキャンパスのときから気づいていた。おそらく、ほかの見学者たちも同じだっただろう。ただ誰も指摘しなかっただけ。

ミケさんはウィッグをかぶり、顔にも化粧をしていた。スカートにパンプスと女性の服に身を包んでいたが、まくった袖からのぞく血管が、スカートからのぞくふくらはぎの筋肉が、元の性別をありありと物語っていた。目鼻立ちのはっきりとした顔も、化粧をすれば華やかにはなれど女性らしい丸みがなかった。

その姿を見て内心どきりとした。ウィッグの雰囲気だろうか、化粧をしたときの自分と重なるものがあった。

「オネエ喫茶のこと、もっと聞きたかったんだ。さすが都会の学校は面白いことするね」

笑うと目尻が波打ち、その猫のような表情にオープンキャンパスでの彼を思い出す。

「都会って……地元はこっちじゃないんですか？」

「全然、超ド田舎だよ」

札幌は北海道のさまざまな地域の人が集まる。専門学校や大学進学を機に若者が集まるのは何ら珍しいことではない。けれど彼の出身地は、津軽海峡を渡った本州の町だった。

「なんで……わざわざ札幌に来たんですか？」

美容について幅広く学べる学校とはいえ、その手の専門学校は全国各地にある。なにか特別な授業があるわけでも、有名な講師がいるわけでもない。北大などある種のブランドができているならわかるが、わざわざ海を渡ってまで来るような学校ではなかった。

「ここなら、スカート穿いて歩いても知り合いに見つかることはないからね」

すべてを捨ててここに来たのだと、彼は言った。

本州の片田舎に生まれた三宅篤彦。実家は理容院を営み、鋏を握る父の背を見て育ったのだと、彼はかいつまんで話してくれた。

「子どものころから、髪型はずっと坊主。中学も野球部だったからそれに同じ。高校でようやく伸ばせるようになったけど、校則が厳しくて短くしろって言われるばかりでさ」

彼がひとつに結んだ髪は、お洒落というより伸ばしている最中といった様子だ。学校ではいつもウィッグをかぶっているが、いずれ自毛にしたいとミケさんは言う。

「遠野くんはオネエ喫茶で女装したの？」

「いえ、俺はそういうのは……」

　嘘をつくのが骨の髄まで染み込んでいた。それにミケさんは「そっか」と笑うだけ。俺の顔をまじまじと見たが、似合いそうなのに、という言葉を呑み込んだ気がする。

「僕がはじめてスカートを穿いたのも高校の文化祭だったんだよ。部活の出し物で、女子の制服を借りてステージで踊ったんだ」

　化粧もウィッグもなにもない、ただ制服を取り替えただけの女装。ムダ毛の処理もしなくてね、と彼は苦笑する。想像するだに、なかなか厳しい絵面だ。

「そのときにさ、ああ、自分はずっとこうしたかったんだって思った」

「……ずっと？」

「子どものころはね、大人になったら、僕もおちんちんがなくなっておっぱいが膨らんでくると思ってたんだよ」

　椅子の背もたれに身体をあずけ、ミケさんは天井を仰いだ。

「それからずっと、どうやったら女になれるか調べてたんだ。通販で化粧品や服を買ってみたけど、それを着てみることもできなくてね。小さい町だから、息子が〝オカマ〟になったなんて噂が流れたら家族が大変だし、卒業するまでずっとずっと隠し通してきたんだ」

もともと、進路は父の店を継ぐために理容の学校を選ぶつもりだったらしい。理容師と美容師は同じように思われるが、まったくの別物だ。親を説得するのは大変だったと、彼――彼女は熱に掠れた声で話す。

「服も化粧もこっちに出てからはじめたから、まだいろいろ下手でね。でも、学校の子たちがよってたかってアドバイスしてくれるんだ」

「……人の視線とか、怖くないんですか?」

「怖いよ、もちろん」

言いながら、ミケさんは自分の二の腕に触れた。親からは学費以外仕送りを受けておらず、生活費はもっぱら肉体労働で稼いでいるらしい。隠しきれない筋肉がスウェットの上からでも見てとれる。

「高校では卒業までずっと文化祭での女装のことをいじられたしね。いくらテレビの中でそういう人たちが増えたとはいえ、実物がいるとじろじろ見られる。僕も最初は、学校に着いてからわざわざ女子の服に着替えてたし」

でもいまは、家を出るときからずっと女性の姿でいると、ミケさんは言った。

「人の目は怖いけど、自分の気持ちを偽ることのほうがもっと怖いと思うから」

まっすぐに前を見つめる横顔。やがてミケさんが先に呼ばれるまで、俺は何も言うことができなかった。

○

病み上がりの登校後、いの一番に向かったのは入学してから一度も訪れたことのない美術室だった。

扉を開けると、油絵の具のにおいが鼻をつく。決して良い香りとは言えないが、一花は教室を見てきらきらと瞳を輝かせた。

「……すごい、絵がたくさん」

教室には描きかけのキャンバスがたくさん並んでいたが、昼休みは部員の姿もほとんどない。窓際に立っていた井口が、俺たちに気づいて顔を向ける。

「井口、動くなってば」

「遠野くんたちが来たんだよ」

彼女に言われるまで、千彰は俺たちの存在に気づかなかったらしい。深く集中していたのかまなざしは鋭かったが、やがてその顔も緩んで笑みを見せた。

「陸がここに来るの珍しいな。なにかあった？」

「井口のこと探してたら、ここにいるって言われて」

「あたし？」

きょとんと目を丸くする彼女に、俺は一枚のはがきを渡す。井口はそれをまじまじと見つめ、ああ、と小さく呟いた。

「こないだオープンキャンパスに行ったところ」

「もうすぐ学園祭があるから、ぜひ見に来てくれってミケさんが」

病院で会ったあの日、俺はミケさんと連絡先を交換した。それから、なんとはなしにメッセージのやりとりが続いている。

学園祭は学生たちの学びの成果を発表する場。美容学校は姉妹校の服飾学校と協力してファッションショーを開催する。井口が持つはがきを、千彰ものぞき込んでいた。

「これって招待されてないと行けないの？」

「いや、興味ある友達もいたら誘ってくれって。だから一花も行く予定だけど」

ミケさんにはたくさん友達を連れてきてほしいと言われている。井口らと待ち合わせの時間を相談していると、いつの間にか隣にいた一花が消えていた。

「一花？」

彼女は壁に飾られた千彰の作品を眺めていた。大会に出品した風景画はまるで写真のようていた。

に緻密に描き込まれている。壮行会のときに見た三毛猫の絵を前に、一花はかわいいと悶え
　俺は千彰の描きかけのキャンバスをのぞいた。油絵には詳しくないが、大きな満月が印象的な人物画だ。月光を浴びて輝く髪と、一糸まとわぬ裸体。構図を考えると、井口がモデルだと一目でわかる。

　裸のモデルになるほど、ふたりは深い仲なのだろうか。けれど身体は土台の肌の色が塗られただけで、細部は描き込まれていない。まじまじと見つめて、ふと疑問が口を出た。

「……この絵、男？　女？」

「え、女の人じゃないの？」

　当然のように言う一花。モデルの存在を知っているだけにそう思いがちだ。けれど俺の違和感に、千彰が感心したように口笛を吹いた。

「これに気づくヤツがいるとはな」

「なんか、胸がずいぶん小さいなと思って」

「悪かったわね」

　井口が悪態をつくと、千彰が肩を揺らして笑う。彼女はそれなりに身長もあり、肩幅もはっきりしたいわゆるモデル体型だ。けれどこの絵にある人物は、彼女を描いたにしては不自

然な箇所が多い。

「身体つきが違うんだよ。なんていうか、やわらかさがない」

「言われてみればそうかも。女の人は肋骨がひとつ少ないからくびれがあるんだっけ？」

「少ないんじゃなくて、骨格の違いだな。男性は女性よりも胸郭が広くて、女性の肋骨は下にいけばいくほど小さくなるんだよ。骨盤は逆に女性のほうが広くて男性は狭い。女性らしいくびれは骨格がつくってるわけだな」

千彰が絵筆の柄で指しながら解説をはじめる。この絵を見た人の多くは女性が描かれていると思うに違いない。絵の本質を見抜かれたのが嬉しいのか、彼は口も滑らかに男女の違いを説明した。

「男子の肩幅が広いのは女子よりも鎖骨が長いから。骨盤の広さが違うってことは、脚の骨のつき方も当然変わってくる。この絵はそこまではっきりと男女差をつくらなかったんだけど、なんで気づいたわけ？」

「……なんか、一花の身体と違うと思って」

何気ない発言のつもりが、一花の顔が火のついたように赤くなった。それを見て、千彰と井口は「まあ」と頬をおさえる。

彼女を看病したとき、汗を拭くために服を脱がせた。そのときに見た身体は俺のそれとは大きく違っていた。子どものころは男も女も同じようなかたちをしていたが、一花のそれはまごうことなき女性の身体だった。

一花の身体が変わったように、俺の身体も変わった。背が伸びただけではなく、声変わりをして喉仏も目立つようになった。レディースの服は肩幅やウエストがきついわりに、胸やお尻は変に生地が余ってしまう。男は筋肉がつきやすく角張った身体になるのはわかっていたが、骨格の時点ですでに違いがあったのだ。

俺はもう、一花のような身体にはなれない。これからもっと、お互い違う身体になっていくのだろう。

「この絵、最後はどっちにするつもりなんだ？　男？　女？」

「まだ決めてない。でも、このままでいいかなって思う自分もいる」

千彰は描きかけの絵を眺めながらそう言った。

「大会の賞を狙うならどっちかに決めるべきだろうけど、これは自由に描いてるものだからな。男とか女とか関係なく、好きなものをそのまま……」

千彰は絵の中に何かを思い浮かべているのかもしれない。ちらりと井口を盗み見ると、今度は彼女が頬を赤くする番だ。

やはりふたりの間には、俺たちにはわからない何かがあるのかもしれない。

「……じゃあ行こうか、一花」

「うん？」

昼休みが終わるまでまだ時間がある。一花はほかの絵も見たがったが、俺は手を引いて美術室をあとにした。

扉を閉める寸前、窓ガラス越しに中の様子を窺った。千彰が井口の涙に気づいて、それを拭っている姿が見えた。

一花の部屋に荷物を移したあの日から、俺の部屋はまるで知らない人が住んでいるように変わった。

グレーのカーテンとベッドカバーに、無機質な木の学習机。本棚に並ぶのは主に兄弟が不要になった漫画やスポーツ雑誌。学校で使う鞄も筆記用具もなにもかもが好きになれず、部屋に入ると適当に床に放って終わりだった。

クローゼットを開けても、一花の部屋のように服でいっぱいになることはない。お節介な兄が押し付けたエロ本も捨てるに捨てられずここに隠してある。どこにでもいる男子高校生の部屋。そうなることを選んだのは自分だった。

けれど最近、この部屋の隠し事がひとつ、増えた。

衣装ケースの奥に隠したそれを、俺は姿見の前で身体にあてる。すこしシワになってしまっているが、ハンガーにかけて保管することはできない。いつ何時家族がクローゼットを開けるかわからない。これの存在を知られてはいけない、絶対に。

学校祭で作られた白いカクテルドレスを、俺はどうしても捨てることができなかった。

いつものように一花の部屋に置くこともできた。けれどもう、俺は『私』でいることをやめたのだ。あの部屋にあっても袖を通すことは二度とない。

姿見に映る自分は化粧も何もしていない。そこにドレスを合わせてもちぐはぐなだけ。模擬店でドレスを着た男子たちは、みんなそのちぐはぐが当然のように振る舞っていた。けれど俺は、彼らと同じになることがたまらなく嫌だった。

夏休みでさらに背が伸びた。さして運動もしていないのに筋肉がついた気がする。髭も濃くなり、身体がどんどん男らしくなっているのだとわかる。

まだ化粧をすればごまかせる。似合う服だってある。けれどいずれ、ごまかしがきかない日が来るのだろう。

美術室で見た千彰の絵のように、男とも女ともつかない身体でいることは叶わない。

「――陸、帰ってきてる？」

控えめなノックが響き、俺はあわててクローゼットを閉めた。

「あのね、今度の学園祭のことなんだけど……」

一花が部屋に入ってくると、むさくるしい男の部屋に一輪の花が咲いた。別々に帰宅しただけで、まる一日会っていないような気分になる。話している途中なのも構わず、俺はその小さな身体を抱きしめていた。

「陸？　どうしたの？」

「ちょっと、このまま……」

その髪に顔を埋め、彼女の香りを嗅ぐ。無意識に手がお尻に伸び、つねられた。

「話を最後まで聞いてからにして」

「……ごめん」

「私、学園祭行けなくなっちゃって。キャンセルの連絡ってしたほうがいい？」

それは特に必要ないと思うが、こういうところは真面目な一花だ。あとでミケさんに連絡しておくと伝えると、彼女はありがとうと微笑んだ。その表情がたまらなくかわいいと思う。

「ごめんね、ちょっと用事ができて」

「いいよ。千彰と井口も来るし、ふたりがいればミケさんも喜ぶだろうし」

「ミケさんに、私も会ってみたかったな」

一花には彼女のことを深く話していなかった。ただ、専門学校のことをいろいろ教えてくれる人がいると、それだけ。

「ミケさんってやっぱり猫みたいな人なの？」

「……まあ、たしかに猫っぽい顔はしてる」

三宅さんだからミケ。安直だが、下の名前を呼ばれるのは嫌なのだろう。俺は何も話していない。ミケさんが男の身体を持ちながら、女性の心を持っていることも。

人の秘密を勝手に話すことをアウティングという。ミケさんは自分のことを包み隠さず話してくれるが、それを面識のない他人に話してはいけないと思う。俺は一花を抱きしめながら、クローゼットに視線をやった。

衣類をしまうそれを心に見たてて、自分の秘密を隠している状態をクローゼットと呼ぶ。隠したドレスがまさしくそれだろう。俺の秘密を知る人は一花以外いない。

「……陸？」

急に黙った俺を彼女が覗き込む。背をかがめてキスするも、一花は表情を変えなかった。

「なにかあったの？」

「なにもないよ」

俺は笑ってごまかし、テディベアにするように一花に頬を寄せた。

「――というわけで、連れてく友達、ひとり減っちゃいました」

「とくに席を確保するようなものじゃないから大丈夫だよ。連絡くれてありがとう」

電話越しに話すミケさんが、ひとつくしゃみをする。大丈夫ですかと訊ねると、彼女が鼻をすするのが聞こえた。

「学園祭が近いから、あんまり休めなかったの。鼻声で恥ずかしい」

「すみません、電話して。準備は順調ですか？」

「もうね、リテイクの毎日。各コースの担当者がみんな譲らないから、コンセプトもまとまらなくて大変よ」

学園祭のショーでは、ヘアメイクやネイルアート、スタイリスト学科、服飾学校の学生が集まりモデルのトータルコーディネートをする。そのモデルもまた学校の学生であり、会場設営などもすべて自分たちで行うらしい。学園祭と言いながらも、そのショーの出来が成績に関わってくるのだそうだ。

「ショーはいろんな関係者が見に来るから、みんな自分の作品をアピールしたいのよね。採点もあって、ヘアメイクの評価が高ければコンテストの参加資格をもらえるの。だからアタシも頑張らなきゃ」

風邪を引いたのも、連日遅くまで打ち合わせしたあとにアルバイトに行き、疲れをとる時間がなかったからだ。ひとり暮らしでは寝込んでも看病してくれる人がおらず、飲まず食わずで熱が下がるのを待っていたらしい。

「友達に看病頼めばよかったじゃないですか」

「なんとなく言いづらくてね。女子にとっては異性の部屋に入ることになるだろうし、アタシも男子に自分の部屋に入ってほしいとは思わないし」

それに俺は何も言えなくなる。沈黙が続き、ミケさんはわざと明るい声を出した。

「それで？　わざわざ電話してくれたってことは、ほかにも用事があったんでしょ？」

俺の沈んだ気持ちが伝わったのかもしれない。ベッドに腰掛け、俺はおずおずと口を開いた。

「あの……ミケさん」

「ん？」

「俺、彼女のことが好きなんです」

「突然ノロケ？」

電話越しに笑う声。それに笑い返しながら、俺はベッドで眠る一花の頭を撫でた。

彼女は一度夢の世界に落ちるとなにがあっても目を覚まさない。規則正しい寝息を確認して、俺はミケさんへの言葉を探す。

「なに？　喧嘩でもしたの？」

「違います。毎日ラブラブです」

いったい自分は何を話しているのだろう。視線をさまよわせ、俺はベッドの下に置いた一花の鞄を見た。

課題のノートを見せてもらおうと、勝手に鞄を開けた自分がいけなかった。クローゼットを開けてほしくない俺のように、一花にだって隠していることのひとつや二つあって当然だった。

彼女の鞄にはオープンキャンパスの資料が入っていた。そのほとんどが美容系の学校だが、ひとつだけ毛色の違うものがまじっていた。

女子短期大学のオープンキャンパス。開催日はミケさんの学園祭の日だ。彼女はこの短大を見学するために、俺との約束を断ったのだ。

それにひどく動揺している自分がいた。

「俺、彼女のことが好きなんです」

「うん、わかったよ」

「でもいつも、彼女に甘えてばかりなんです」

ひとこと言ってくれればよかったのに。なぜ一花は俺に黙って行こうとしたのだろう。

同じ学校に進学すると約束していたわけではない。進路を決めていない一花なら、希望の学校がたくさんあっても何らおかしいことではない。高校を卒業しても四六時中一緒にいることなどできないに決まっている。

ただ、パンフレットを見たときに思ってしまったのだ。一花は俺と離れたいのかもしれないと。

子どものころから、いつも彼女に守られてばかりだった。一花の部屋に通うようになって、我ながらずいぶん勝手なことをしていたと思う。拒絶されることがなかったから、彼女に甘えるのが当たり前になってしまっていたのだ。

一花のことが好きだ。キスをしたいし、抱きしめたいとも思う。けれどその一方で、彼女の女性らしさに嫉妬してしまう自分がいる。

女性になりたいわけではない。一花のことが愛おしくてたまらない。自分はいったいなにがしたいのか、考えても考えても答えが見つからない。

「俺……彼女のことを縛っていたのかもしれない」

嫉妬や、独占欲や、いろんな気持ちで彼女をがんじがらめにしていた。隣にいることが当たり前で、進路まで俺に合わせようとしてくれることに安堵すらしていた。

俺のクローゼットを一花に押し付けて、それで自分を守って、相手の気持ちをこれっぽっちも考えていなかった。

○

迎えた学園祭の日。出かける支度をしていた一花は、俺に化粧をしてほしいと頼んだ。

「自分でやってもうまくできなくて。こういうのはやっぱり陸が一番だから」

頼られると悪い気はしない。俺は久しぶりに彼女の部屋に行き、上から下までコーディネートを考えた。彼女はあくまで行き先を教えようとしないが、女子大に行くならばお洒落な人たちがたくさんいることだろう。

一花の顔なら目をつぶってでも化粧ができるほど手になじんでいる。出発の時間が迫っているため凝ったことはできなかったが、出来上がりを鏡で見て彼女は満足そうに笑った。

「さすが陸。髪も可愛い」

「今日は風が強いから、まとめておいたほうがいいと思って」

ミケさんにまとめ髪を習ってから、ずっと試してみたかった。彼女のむき出しになったうなじを見て、俺は本能的に唇を寄せてしまう。

「ありがとう。陸も出かける前なのにごめんね」

「ミケさんのショーは午後からだから、俺はそんなに急ぐ必要ないんだよ。ほら、そろそろ出ないと地下鉄間に合わないぞ」

鏡を見て一花が悲鳴をあげる。慌ただしく出発する後ろ姿を見送り、俺も身支度を整えて駅に向かった。一花が向かう短大と俺が行く専門学校は同じ路線だが、それぞれ逆方向のため一緒に出かける必要もなかった。

井口と千彰は先に待ち合わせしていたのか、すでに会場入りして展示などを熱心に眺めていた。千彰は美容関係に興味がないと思っていたが、ボディメイクの写真を食い入るように見つめている。美術と美容、親和性は高いのかもしれない。

ミケさんのショーは午後からはじまるが、学園祭では午前からさまざまなショーが行われていた。モデル学科の学生たちが日頃の練習の成果を見せるべく、颯爽とランウェイを歩いている。長身にハイヒールを履き、服をいかに美しく見せるか研究した歩き方だ。その脚線美にほれぼれしてしまう。

ほかにも、制限時間内にマネキンの髪をセットする課題やメイクの出来を競う課題なども開催され、学生はみな真剣な表情で挑んでいる。ショーの最後は学生がステージ上に並び、講師や特別ゲストの審査員から講評を受けていた。その辛辣なコメントに涙ぐむ学生もいたが、それがプロを目指す者の世界なのだろう。

俺たちはミケさんに、ショーの舞台裏が見たいとお願いしていた。到着の連絡をするもしばらくは返信が来ず、準備で忙しいのだろうと察する。

校内に飲食の模擬店はなく、屋外に停まったキッチンカーで適当に小腹を満たす。専門学校からはテレビ塔がいつもより大きく見えた。高校と違う空気に忘れてしまいそうになるが、ここも同じ札幌の街なのだ。

ほんのすこし場所が変わっただけで、世界が変わる。それを肌で感じていると、ようやくミケさんから電話があった。

「遠野くん、いまどこ？」

「キッチンカーのところです。井口がクレープで並んでて」

「わかった、すぐ行くね」

通話はすぐ切れ、やがてミケさんがキッチンカーの会場に現れる。俺たちに気づき手を振る姿を見て、井口が列を詰めるのも忘れて立ち尽くした。

「今日は来てくれてありがとう。学園祭、楽しんでる？」

「はい。いろいろ勉強になります」

「本当はショーの準備も見せてあげたかったんだけど、やっぱりみんなピリピリしてててね。終わった後ならいろいろ話せると思うから」

「ミケさん、その格好……」

俺の指摘に、ミケさんは自分の姿を見下ろした。

「ああ、これね。変？」

「……似合ってます」

ミケさんは男性用のスーツを着ていた。

その顔にメイクはない。髪も伸ばしかけを結んだだけだ。けれどダークグレーのスーツと紫色のシャツの組み合わせがいいのか、無造作に結んだ髪が魅力を引き立てていた。井口と千彰が口々に「かっこいいです」「セクシーですね！」とはしゃぎ、ミケさんはそれに爽やかな笑顔で返す。

「急遽、僕もモデルやることになっちゃってさ。スーツなんて着たの入学式以来かも」

なんでも、そのスーツは服飾学校の学生の作品らしい。予定していたモデルが風邪を引いてしまい、一番体型の近いミケさんに白羽の矢が立ったのだそうだ。

「自分のショーのときは、いつもの格好に戻るんですよね？」

「無理無理。これが終わったらすぐに僕たちのショーが始まるから、着替えてる暇があったらモデルに時間かけたいし」

「でも、講評の時間までに着替えれば……」

「代役が決まったのは昨日の夜なんだ。服飾の子は徹夜でサイズ直しをして、それに付き合ってたから部屋着みたいな服でさ。さすがにその格好で先生たちの前には出られないよ」

学園祭の前日はラストスパートをかけるため、身なりなど気にしていられない。ミケさんはお風呂にも入れなかったらしく「あまり近づかないで」と距離を置いた。

その表情に、スーツ姿に、俺は胸が締め付けられそうになる。

「モデルの男子なんてほかにもたくさんいるじゃないですか。なんでミケさんに……」

「僕がこれを引き受けなかったら、このスーツを作った子が評価をもらえないでしょ？」

「でも」

なおも食い下がる俺に、ミケさんが小さな吐息で微笑む。

「……遠野くんさ、三毛猫って知ってる？」

突然話が変わり、俺は戸惑いながらもうなずくしかない。

「三毛猫ってほとんどがメスなんだ、劣性遺伝子っていって、オスがうまれるのがとても珍しいって学校で習わなかった？」

生物の授業の話だ。学校では赤緑色覚異常の遺伝について勉強した。色覚異常に関連する遺伝子はX染色体上に存在する。

男性の性染色体XYと女性の性染色体XXのうち、女性が色覚異常になるのは二つのX染色体が両方異常遺伝子を持っている場合に限られる。けれど男性は、母親から異常遺伝子を持つX染色体をもらった場合は必ず色覚異常になってしまう。だから男性のほうが色覚異常が出やすく、それは決して珍しいものではない。

　三毛猫の原理もそれと近いものがある。ミケさんも一年前は高校生だった。生物の授業の教科書に、三毛猫の遺伝子のことが載っていたのだという。

「オスの三毛猫はびっくりしただろうね。まわりはみんなメスなのに、自分はオスとしてうまれてしまった。でも、身体はメスになれない。オスの仲間にも入れない。きっと逆の場合もあったかもしれない。オスとしてうまれたかったのに、メスのような身体でうまれてしまった」

「……ミケさん」

「僕はずっと三毛猫をやってきたから、これくらい大丈夫だよ。じゃあ、そろそろ時間だから」

　時計を確認し、ミケさんは校内に戻っていく。その後ろ姿に、俺は無力さを感じて拳を握りしめるしかできなかった。

　ショーの行われるホールに戻ると、午前よりもたくさんの観客が集まっていた。

　午後一番は服飾学校の課題発表だ。一学年の課題は紳士用のスーツ。既定の型紙があるのか、布地こそ違えどみな同じつくりをしている。ショーに参加しない学生の作品はマネキンに着せられていたが、ランウェイを歩くスーツはモデルの身体に合うように仕立てるのも評価のポイントのようだった。

会場に入るのが遅く、俺たちは立ち見になってしまう。壁に身体を預け、納得のいかない気持ちのままミケさんの登場を待っていた。

スーツ姿でランウェイを歩く彼女を、見たくないと思う。けれど背を向けるのはもっと違うと思う。ミケさんはすべてを覚悟した上でみなの前に立つのだ。

何組目かの発表のあと、ついにミケさんがステージに登場した。

学生たちが応援の声をあげる。「ミケー！」と愛称で呼ぶ学生は、普段の姿を知っているに違いない。それに笑みを返しながら、ミケさんは背筋を伸ばして歩いていた。

その姿に、中学時代の自分が重なった。

クラスのみんなに女装がばれて、必死に男らしく振る舞おうと練習した。内股をやめ、ポケットに手を入れて粗野な歩き方をした。髪を切った日の夜はベッドの中でこっそりと泣いた。新しい筆箱を買ったときも、鞄につけたキーホルダーを外したときも、胸の痛みをこらえるのに必死だった。

毎晩抱いて眠ったテディベアを捨てようとしたとき、現れたのが一花だった。

『……それ、捨てちゃうの？』

マンションのごみステーションの前で立ち尽くす俺に、一花はそう声をかけた。

『そのくまさん、陸のお気に入りでしょ？　なんで捨てちゃうの？』

『……こういうの持ってたら、オカマって言われるから』

部屋にあった女の子らしいものを消そうと必死になっていた。けれど、テディベアだけはどうしても手離すことができなかった。それがなければ眠れなくなるほど、抱きしめすぎて毛皮の剝げてしまった相棒だった。

『じゃあ、それ私にちょうだい？』

一花は手を伸ばして、テディベアを抱きしめた。

『いいなって思ってたの。今日から私が一緒に寝てもいい？』

彼女の部屋にはほかにも人形がたくさんあった。こんなぼろぼろのぬいぐるみよりも、あたらしくて肌触りのいいものがベッドの枕元に並んでいた。その中にみすぼらしいテディベアが加わることを想像し、俺は逡巡した。

『陸も会いたくなったら、私の部屋に遊びに来ていいからね』

その言葉に、一花の考えを理解した。俺が学校になじむための努力を、間近で見ていたのはほかでもない彼女だった。

俺が大切なものを失わないように、守ってくれたのは彼女だった。

テディベアが部屋にいなくなっても、不思議と、夜が怖くなかった。マンションの隣の部屋の、まったく同じ間取りの部屋で、一花がそれを抱いて眠っているのを思うと安心して眠ることができた。

俺はいつも守られてばかりだった。

ランウェイを歩き終え、ステージから去っていくミケさんを見届けた後、俺は張りついていた壁から離れた。

「悪い、井口。ちょっと出てくる」

「なんで？　ミケさんのショーはこれからじゃん」

「なるべく早く戻って来れるようにするから」

明かりを落としたホールから出ると、外の明るさに目が眩んだ。音楽の鳴り響くショーの高揚感がまだ身体に残っている。それに背中を押されるように、俺は地下鉄の駅へと走っていた。

家に帰って戻るまでに、ショーが終わってしまうかもしれない。講評の時間も終わってしまうかもしれない。一分でも一秒でも早く帰らなければ。急ぐあまり、ポケットからスマートフォンを落としてしまう。

衝撃で画面が割れてしまった。そのショックを感じる暇もなかった。動作を確認すると、一花から一通のメッセージが届いていた。

『用事が早めに終わったから、これからそっちに行くよ。ショーに間に合うかな』

彼女の短大は俺たちの学校と真逆の方向にある。これから移動をするなら、自宅の最寄り駅を通過する。時刻を見るとそんなに時間も経っていない。

はやる思いで電話をかけるも、なかなかつながらない。地下鉄に乗っていれば電話には出ないだろう。けれどメッセージを打つのももどかしく、何度もかけなおした。

「――もしもし、陸？」

「一花、いまどこ？」

開口一番、大きな声が出た。対して一花は声を潜めている。繰り返す着信にただならぬ気配を感じ、車内で隠れるように出てくれたのだろう。

「地下鉄に乗ってるの。いま家の近くの駅だから、まだ時間かかっちゃうかも」

「一回降りて、家に帰って！」

俺の剣幕に驚いたのか、一花が反射的に返事をする。まもなく発車の音が聞こえ、すんでのところで降りたのだとわかった。

「俺の家に寄って、持ってきてほしいものがあるんだ」

「わかった。忘れ物？」

どこにあるの？　その問いに、俺は彼女の部屋に隠さなくてよかったと心から思った。あの部屋にあれば、探すのだけで時間がかかってしまう。

「クローゼットの中。衣装ケースの一番下の、奥のほうに入ってるから」

「そこの何を持ってくればいいの？」

俺はいつも一花に甘えてばかりだ。いつかそれを、彼女自身に返さなければならないと思っていた。

「学祭で使った、白いカクテルドレス……！」

彼女にしてもらったことをほかの誰かに返すことでも、俺は甘えから卒業できるだろうか。


一花と合流し、俺たちは井口らに連れられショーの控室に走った。

ミケさんたちの作品を見ることはできなかった。けれど、ほかの班の発表はまだ続いている。進行も時間がかかっているらしく、講評まで多少の時間が残っていた。

控室のドアを開けると、その勢いに視線を集めてしまった。汗だくで走ってきた俺たちをみな怪訝そうな表情で見るが、奥のほうで名前を呼ぶ声があった。

「遠野くん、どうしたの？」

ミケさんたちのグループだ。モデルの子も一緒だが、その姿を見る余裕もない。俺はずかずかと控室に入り、ミケさんに紙袋を押し付けた。

「これ、着てください」

「なに？」

「ドレスです。白い。そのスーツに比べたら、出来はあまり良くないけど」

息が切れて上手く喋れない。一花は事態が呑み込めぬまま酸欠に喘いでいた。ミケさんは紙袋からドレスを取り出すと、それを眺めてほうっと息を吐いた。

「綺麗。……でも、僕には入らないよ、きっと」

「入ります。それ、俺の服なんで」

班のメンバーの視線がつきささる。けれどかまわず、俺は続けた。

「俺とミケさん、体格が似てるから。これ一枚だと肩幅が目立っちゃうけど、ショールか何かを羽織れば大丈夫です。ウィッグをかぶって、髪型に目線が行くようにすれば喉仏もごまかせるかもしれない」

「なんでそんなに詳しいの？」

やりとりを見守る井口と千彰の視線を感じる。それを振り切るように、俺は拳を握りしめた。

「俺もずっと、女の服、着てたから」

気に入った服を見つけても着こなせないことが増えた。無理やり身体をねじ込んでも、骨格の違いでデザインの良さを殺してしまうことがあった。胸がないと綺麗に出ないライン。デコルテのあいた服では喉仏が目立つ。いつしか化粧で女性らしい顔をつくることに加え、服の組み合わせや着こなしまで研究するようになっていた。

「でも、もうすぐ講評が始まるし……」

「やろう、ミケ！」

やりとりを見守っていた班のメンバーが声をあげた。

「みんなで手分けすれば間に合うよ。ここにはウィッグもメイク道具もあるから大丈夫」

同じヘアメイクの子だろうか、ミケさんの了承を得るよりも早く顔に化粧下地を塗りはじめる。頭に羽二重をかぶせた人が、ウィッグをセットし毛先に鋏を入れた。

いつしか控室中の視線を集めていた。手持ちの化粧品が足りなくても、叫べば誰かが貸してくれる。ミケさんはただされるがままに座るしかできなかった。

「あの」

「なに？」

「ミケさんは頰骨がしっかりしてるから、チークとハイライトでやわらかく……」

「言われなくてもわかってるわよ。ミケに化粧を教えたのはあたしたちなんだから！」

その叱責が心強い。俺の出る幕はないとわかると、腰が抜けて一花もろとも床にへたり込んだ。

仕上げをする前に、ミケさんがカーテンの向こうで着替えをする。みんなが今か今かと待ち構えるなか、薄いカーテンの向こうから弱々しい声が聞こえた。

「……やっぱりだめ、この服じゃ」

「いいから、早く出てきて！」

問答無用でカーテンを開けられ、彼女は我が身を抱いて身体を隠した。

背格好は同じくらいだが、ミケさんは筋肉質な身体をしていた。腕には隆々とした力こぶがあり、ドレスのスリットからのぞく脚も筋肉の影が深く刻まれている。サイズは合っているが、それ一枚で着こなすのは難しい。

オネエ喫茶ではドラァグ・クイーンを参考にして女装した。ミケさんもその姿のようにすれば違和感は薄れるかもしれないが、彼女の気持ちとしては好ましくない。髪にボリュームを出して誤魔化すか、色の濃いストッキングを穿かせるか。班のメンバーが口々に意見を出すが、良い案はない。

「みんな、ごめんね。アタシはもういいから……」

消え入りそうな声で彼女が言う。恥ずかしそうに身体を縮め、メイク落としを探す姿を歯がゆい思いで見つめるしかない。

何か方法はないか。誰もが考えていると、控室から声があがった。

「ねえ、そのドレス、かたちを変えてもいい？」

「でもこれ……アタシの服じゃないから」

「いいです、好きに変えてください！」

俺が叫ぶと、混雑した部屋の中から小柄な女性が飛び出した。

「誰か服飾の子手伝って！　余ってる布全部持ってきて！」

彼女は鋏を持つと、ドレスの裾をざくざくと切りはじめた。スリットと同じ深さの切れ目を複数入れ、あらわになっていく脚に顔を赤くするミケさんを他の女子たちが壁になって隠す。

「ごめんねミケ。スーツなんて着せちゃって、嫌だったよね」

彼女がスーツの作者だったらしい。目のふちいっぱいにためた涙を拭い、かき集めた布をドレスの切れ目に縫い足していく。サテンのカクテルドレスにほかの布が加わると、シンプルだった形が華やかな印象に変わった。

裾はわざと長さをそろえず、片方の足首を見せて華奢さを演出する。布地は白系に合わせているが、ポイントで加える花柄の配置が絶妙だ。何の打ち合わせもしていないはずだが、学生たちの頭にはひとつのビジョンが見えるのか作業の手に迷いはなかった。

「あと何分ある？　まだ、首まわり隠せてないの」

「誰かスカーフか何か持ってない？」

「肩もこのままじゃだめだよ。なにか羽織らないと」

口々に声があがる。スーツを作った女性は高速で手を動かし、スカートの裾を縫い上げていった。布地を足したことでドレスには余裕ができ、腰から下にやわらかな曲線がうまれた。

「――スカーフはいらない。袖まわりにオーガンジーでボリュームを出せばそれでいい」

部屋の隅からあがった声は、男子学生のものだった。

「隠そうとするからよけい目立つんだ。他のものに視線が行くように工夫すればいい。オレたちのグループのネックレス使っていいから」

女子ばかりで固められたチームに男子が乱入し、一瞬、空気が止まる。けれど彼はそれに怯むことなくアクセサリーを渡した。

「三宅は堂々としてろ。背中丸めて立ってるからよけい身体のバランスが崩れて見えるんだ。自信もって胸張ってろよ」

彼のその行動に、ほかの学生たちも動いた。

「ウエストにこのリボン使って。くびれができるから！」

「手首、ブレスレットつけたほうが華奢に見えるかも」

「あたし足大きいから、このヒール履けると思う！」

あれよあれよという間に、ミケさんの全身がコーディネートされていく。服飾の子が手分けしてドレスを縫い、切り刻まれていたスカートが復活した。ドレスの縫製の雑さに怒った人がお小言を呟きながら修正していた。

ウィッグはコテで巻かれやわらかい印象になり、メイクも仕上げの段階だった。

「ちょっとミケ、泣かないでよ。メイクが崩れるでしょ」

「ごめん、でも……」

「終わってからならいくらでも泣いていいから。あとちょっと、我慢して」

その声に、ミケさんは天を仰いで涙をひっこめる。チークのブラシを持つ手に気づくと、頬の高さを示すために無理やり笑ってみせた。

ぎこちないが、とても可愛らしい笑みだった。

○

学園祭が終わるころには、あたりはもう暗くなっていた。

日に日に短くなっていく太陽に冬の足音が聞こえてくるようだ。地下鉄駅で井口らと解散し、俺は一花と帰路についた。

「……ねえ、ちょっと寄り道していかない？」

近道の公園に差し掛かると、一花が手を握ってそう言った。

日の落ちた公園は遊ぶ子どもの姿もなく、外灯がぼんやりと遊具を照らしている。一花が目指したのは、いつも俺が隠れ蓑にしていたアスレチックだった。

けれど今日は、その中には入らない。梯子を上り、さらによじ登って屋根の上に座る。子どものころはとてもおてんばだった彼女は、この場所がお気に入りだった。

「楽しかったね、学園祭」

「そうだな」

「ミケさん、綺麗だったね」

講評の時間がはじまる寸前に、彼女の支度が整った。俺たちは控室からホールに戻り、観客席からその様子を見守った。井口や千彰は俺のカミングアウトをたしかに聞いていたはずだが、最後まで何も言わぬままだった。

ミケさんの班の作品は、コンセプトもわかりやすく各係が自分の仕事を全うしていた。講評では駄目な箇所を次々指摘していくが、それは愛の鞭だと聞いていてわかる。講師の先生が一通り話した後、ゲストの講師にマイクが渡った。

『——君は、さっきスーツを着てランウェイを歩いていた子かな？』

その講師は、ミケさんのことを覚えていたようだった。

『あの短時間で、よくここまで変わったものだね。ひとりでやったのかい？』

『いえ……みんなに助けてもらいました』

同じ班のメンバーだけでなく、彼女に協力したたくさんの学生がいた。ステージの上に立つミケさんは白いドレスに身を包み、施されたヘアメイクやアクセサリーで華やかな印象に変わっていた。

『課題をふたつも見せてもらった気分だよ。どちらもいい出来だ』

その講評に班のメンバー全員で頭を下げると、会場はあたたかな拍手に包まれた。

「陸、あのドレス捨ててなかったんだね」

「ハサミで切り刻まれたから、もう着れないけどな」

空を仰ぐと、星が近くに見える気がする。ショーの熱い空気がまだ身体に残っており、深呼吸でそれを吐き出した。

「俺、あの学校に行ってみたいな」

「陸にぴったりだと思うよ」

「一花はどこか気になる学校あった？」

嘘がばれないよう、俺は訊ねる。彼女はすこし言いよどんだ後、意を決して口を開いた。

「今日ね、短大のオープンキャンパスに行ってきたの」

そうなんだ、と、あくまで嘘をつきとおす。

「一般教養とか栄養士課程とかいろいろあるんだけど、保育士の学科に興味があって」

「……保育士？」

意外な職業を彼女は口にした。長い付き合いだが、一花に子ども好きという印象はない。短大の学部はパンフレットに書かれていたが、一般教養など普通の学科に進むものとばかり思っていた。

「陸と同じ学校にしようかと思ったんだけど、私にもなにか違うことができるんじゃないかなって思って」

「違うこと？」

「私が保育士になったら、男の子にもスカートを穿かせてあげられるかなって」

その瞳が、俺を見上げる。重ねられた手は小さく、夜風に晒され冷たかった。

「子どものときにそういうのを否定されると、ずっとずっと駄目なことだと思って成長していくでしょう？　ひとりでも気持ちに寄り添ってあげられる先生がいたら、その子の悩みもすこしは軽くなるかなって」

一花は子どものころから俺と一緒にいた。スカートを穿きたがるのを止めようとする先生も間近に見ていた。それをからかう男子や、侮蔑する女子の存在も知っていた。

彼女だけが、いつも俺の味方だった。

「小学校の先生もいいかなって思うんだけど、まだ決められなくて。陸はどう思う？」

「……一花なら、いい先生になれるよ」

「だから子どもたちは、私にまかせてね」

彼女の手が、俺の手を握りしめる。

「陸は大人の担当ね。お化粧とか服のこととか、いろんなこと教えられるね」

「俺が？」

「陸は勉強熱心で、いつもいろんな工夫をしていたでしょ？　専門学校に行ったら、もっともっと綺麗になれると思うよ」

俺はその手をとり、指先に唇を寄せた。

手首につけたコロンが香る。俺と同じはずの、けれどまったく違う女性の香り。

自分には手に入らないが、それはいつもそばにいてくれる。

「また、一花の部屋に行ってもいい？」

「いいよ。私にもいろいろお化粧教えて」

「化粧……だけ？」

夜風に震える彼女を、俺はそっと抱きしめる。一花はすこし驚いたようだが、やがて大人しく身体をあずけた。

服越しでもわかる、細くやわらかい身体。自分とは違う肌の香り。それを感じて、俺はまぶたを閉じる。

いつもの嫉妬心が、いつの間にかなくなっていた。

「一花」

「ん？」

「俺が化粧もスカートも似合わなくなったら、そのときはちゃんと言ってくれる？」

これから、お互いの身体はもっと変わっていくだろう。一花の身体はますます女性らしくなり、俺は男らしい身体になっていくだろう。

着たい服が着られない。女性の格好が似合わなくなる。終わりの日を、彼女は正しく教えてくれるだろうか。

「なに言ってるの、陸」

抱きしめた腕の中で、一花は顔を上げた。

「どんな格好をしても、陸は陸だよ」

いちか。そう呼ぼうとする唇を、彼女が塞ぐ。

「……一花も、一花のままでいてね」

一花がいるから、俺は――私は、ありのままの姿でいられる。

認めてくれる人がいるだけで、とても心強い。

彼女に唇を寄せ、私は祈るように首を垂れた。

あなたは私の女神。

たまらなく愛おしい、私だけの宝物。

この作品は書き下ろしです。原稿枚数343枚（400字詰め）。

陸くんは、女神になれない

田丸久深

令和3年7月5日　初版発行

発行人――石原正康
編集人――高部真人
発行所――株式会社幻冬舎
〒151-0051東京都渋谷区千駄ヶ谷4-9-7
電話　03(5411)6222(営業)
　　　03(5411)6211(編集)
　　振替00120-8-767643

印刷・製本―図書印刷株式会社
装丁者――高橋雅之

検印廃止
万一、落丁乱丁のある場合は送料小社負担でお取替致します。小社宛にお送り下さい。

定価はカバーに表示してあります。

幻冬舎文庫

ISBN978-4-344-43104-1　C0193　た-64-2

幻冬舎ホームページアドレス　https://www.gentosha.co.jp/
この本に関するご意見・ご感想をメールでお寄せいただく場合は、
comment@gentosha.co.jpまで。